だって、
生まれ
たんだもん

重い障がいが
あるけど、
みんなと
　　私らしく
生きてます。

西田
江里 著
です。

ぶどう社

画 …… 西田 江里

まえがき
西田江里

　江里のことを、知っていますか？

　私は、自分の生き方を多くの人に知ってもらいたいと思って、本を書きました。

　どうして生まれたの？

　社会に必要なの？

　こんなに障がいがあっても、施設に行かなくていいの？

　私には、いろいろな疑問があります。

　どうやって、文字を書くの？

　どうやって、ことばを伝えるの？

　本当に江里のことばなの？

　こんなにも、たくさんあります。

　だから、私の頭の中にあることばや考えを、みんなに伝えたいと思います。特に、私みたいな障がいを持って生まれた子どもたちに、「こんなふうに幸せに生きることができるよ」って、伝えたいのです。だって、こんなに障がいがある子どもが生まれたら、きっと「不幸になる」って思っちゃうよね。だから、私の生き方を見てがんばってほしい。

　私も、まだまだ楽しい人生を送ります。これからはじまる幸せのことばを、ぜひ感じてください。

自己紹介

　私は、西田江里です。障がい者です。でも、仕事をしています。千葉県浦安市にある「社会福祉法人パーソナル・アシスタンス とも」（以下「とも」）で働いています。

　好きなことは、絵を描くことです。ディズニーランドに行くことです。いっぱいお土産を買いたいです。たくさん、友だちがいます。

　家族は、ママとパパがいます。私は、ひとりっ子です。

　ママとは、離れて住んでいます。私は、ひとり暮らしをしています。最初は不安だったけど、今はとても充実して楽しいです。ママは、たまに来ます。でも、すぐに行っちゃいます。

　ママは、「とも」をつくりました。ママは、私のためにたくさんがんばってくれています。私は、がんばっていろいろなことをしてきました。今度は、私がママのためにいろいろなことをします。

　私は、ふつうに生活しています。私が生活できるのは、ヘルパーがいるからです。いろいろなことをしていくのは楽しみです。でも、ひとりではできないので、ヘルパーに手伝ってもらいます。ヘルパーは、いつもいます。

　実は、ヘルパーはいつもいてくれるけど、ずっといっしょに

いるのは疲れます。でも、いないと何も進まないので、いてくれないと困ります。たくさんのヘルパーを受け入れるのは、大変で疲れるけど、私の生きる道だと思っています。

　正直言うと、同じメンバーがずっと来てくれるとうれしいけど、みんな結婚しちゃっていなくなるので、しかたないと思っています。今度は、結婚してもいてくれる人が来てくれるとうれしいです。

　もっとヘルパーが増えるといいです。もっと多くの人に、私のこの生活を知ってもらいたいです。

　私の「生きる意味」は、「障がいがあっても、自分らしく生きていいんだよ」ってみんなに伝えることです。

　それは、私がこの30年間でわかったことです。私は、生まれてきて良かったと思うし、生きていたいって思うのです。

　私という存在が、世の中で役に立つのか不安があったけど、ママが言ってくれたこと忘れていません。「江里は、江里として生きていい」って言ってくれた。

　役に立つとか、立たないとかじゃなくていい。人は、そうやって価値を決めがちだけど、ほんとはそうじゃない。すべての命に価値があっていい。

　自分は、自分のままで生きていい。
　だって、生まれたんだもん。

まえがき
西田良枝（ママ）

おひな祭りの夜、江里からスマホにメッセージが送られてきました。「ママ、今日はひな祭りだから江里がちらし寿司をつくるよ。食べませんか？」どうしていいかわからない……うれしいような照れるような、何より、驚きの気持ちです。

私は、江里が幼いころ、【江里から「ハイ、これプレゼント」と何かをもらうことはないだろうけど、江里の笑顔が何よりの私へのプレゼントだ】と、何かの原稿に書いたことを思い出しました。あれから30年余り、あのころには思い描くこともできなかった、江里の自立した暮らしが今あることを思います。

「障がい児は特別な生き物？」と刷り込まれていた私は、江里に障がいがあるとわかった時、江里の存在から「ちがうよ」と教えられ、「かけがえのないひとりの人間としてふつうに育てていこう」と決めました。
そのために、私は親として江里の"環境"をつくっていく役割を担おうと、最初の一歩を踏み出しました。その一本道を、ちゃんと歩いてこれたんじゃないかと思います。

そして、その道を歩み続けてこられたのは、たくさんの人たちとの一つひとつの出会いとつながりと支えがあったからです。そんな感謝の気持ちで、はじめて江里がつくってくれたちらし寿司を「すごくおいしいわ！」と思って食べました。

　そんな江里が、「本を書きたい」と言い出し、「どうやったら本がつくれるのか教えてほしい」と相談してきた時、一応本をつくったことがある私は、「そうは言ってもねぇ……」と思っていました。

　どれだけの文章が書けるのか……江里のような重心の人の書いた本を誰が読んでくれるのか……江里が「やりたい」と思ったことは、なんでもやらせてあげたいと思ってきた私にとっては、重い相談でした。

　でも、私のところで握りつぶすことは、私のこれまでのスタンスに反します。江里ももう30歳を過ぎた大人なので、応援はするけど、チャレンジして失敗したり、つらい目にあっても、それは自分で消化すればいい、そう思って、ご縁のあるぶどう社に連絡をしました。

　編集会議の２回目。コロナ禍でオンラインでの会議、直接集まるよりも臨場感はないはずなのですが、江里は、私や編集者の提案にしっかりと自分の意見を述べてきました。江里の主張は一点、「自分の名前が著者としての本でありたい」。

私やその他の方たちや、私が創立した法人の「とも」などのことが書かれたとしても、「自分の本を出したいのだ」と、その主張は変わりませんでした。

　「ママや、『とも』のことを書けば、自分の本ではなくなってしまう」と。

　私は、このことを聞いて、江里が本を出したい気持ちのすべてがわかった気がしました。

　主体は本人だと言いながら、結局、支援をされる側である人になっていないか。支援者や保護者が出てくると、本人はそっちのけで主体が支援者や保護者になっていないか。私は私として、ここに存在している。だから、自分の本でありたいと。

　私自身が、江里の「本を書きたい」という意図をくんでいるようで、ちゃんと理解していませんでした。

　この江里の主張は、まだまだ私の中にもどこか保護的な姿勢、対等ではない自分がいることに改めて気付かされたと同時に、しっかりと大人になったね、としみじみしてしまいました。

　「これから生まれてくる障がいがある子どもたちのために書きたいんだ」、という江里の目的も理解できました。

　障がいを持つ子どもたちは、生まれてきます。それは、人間の営みの中の一部だから。その存在をなきものにするかどうかは、生まれてきた子どもたちを受け止める側の私たち大人に委

ねられています。

　江里は、生きていることが幸せであると書いています。生き
たいと思っています。私にとっても、かけがえのない娘であり、
命です。

　それは、障がいがあることとは別の次元の普遍的なことです。
命や差別や生きる意味……そんなことを考えるきっかけに、こ
の本がなったらうれしいです。

　人は、一人ひとり違います。話を聞いたり、対話したり、
いっしょに過ごしたりしてみないと、誰のこともわかりません。
まして、自分たちと同じ言語を発声しない人たちのことは特に。

　著者である江里のことばたちから、同じ社会の中で必死に生
きるひとりの人間としての存在を感じ取っていただけたら、本
当にうれしいです。

　＊江里は、指談でことばを伝えています。私は、江里とは文字盤も
指談もしません。生まれたころからと同じ、非言語コミュニケーショ
ンのみです。

　だから、この本の江里の原稿は、すべて指談をとれる江里の支援に
あたってくれているヘルパーや介護福祉士が、江里の代わりに文字に
してくれています。現在、指談がとれるスタッフは５人います。

2 部　私が生きる

1 部

私の生活

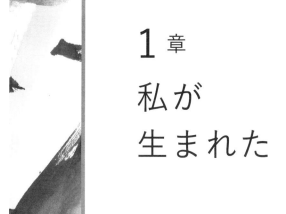

1章
私が
生まれた

私らしく

西田　江里

● みんなとの違い

　ママは、私に障がいがあるって教えてくれていませんでした。私が、「障がいがある」って気付いたのは、幼稚園の時でした。みんな歩いて来ているのに、私だけ車椅子に乗っていました。

　先生は、いつもいっしょにいてくれて抱っこしてくれました。この時の先生のことは、今でも覚えています。先生は、とても優しくて私を楽しませてくれました。いつも明るくて頼りになりました。

　幼稚園では、友だちがたくさんできました。私のところにみんなが来てくれて、うれしかったことを覚えています。

　私はこの時、みんなよりできないことがあるってことを知りました。

　友だちは、自分でご飯を食べているのに、私は自分で食べら

れなくて先生が食べさせてくれました。友だちは、みんなと手をつないで遊べるのに、私は手をつなげなくて、ひとり離れてしまったり、やりたくてもできないことが悔しくて、落ち込むこともありました。

　その時は、ママが慰めてくれて、ママは「江里は江里のできることをしなさい」っていつも言っていました。

　私のできないことは、先生やママや友だちが手伝ってくれて困ることはありませんでした。

　幼稚園は、私にとってとっても楽しい場所でした。先生は、私の介助をしてくれて、優しくて毎日楽しかったです。私が、困らないようにしてくれました。

　私の幼稚園の一番の思い出は、遠足に行ったことです。ママと、みんなのママもいっしょに行きました。どこに行ったかは覚えていないけど、私はママに抱っこされて、アスレチックとか滑り台とかをやりました。ママは覚えているかな？

　私が幼稚園でやってきたことは、ふつうに通っている子とは違うかもしれません。ふつうだったら、先生はみんなの中にひとりだし、抱っこもしてもらえないし、私だけの先生だったけど、みんなと違うけど、良い経験ができました。

　私は、どんな時もみんなと同じことをしてきました。みんなと同じ経験ができたことは、今でも良かったと思っています。だって、「私は、なんでもできる」って思えます。

● みんなといっしょに

　小さいころ、いろいろな人に会いました。看護師の卵ちゃん、近所に住んでいるおばちゃん。私のことをすごくかわいがってくれて、とっても楽しかった思い出があります。

　私のことを楽しませてくれて、ケラケラ笑っていました。みんな私が笑うとうれしそうにしていて私もうれしくなりました。

　私の趣味は、泳ぐことです。プールに行きはじめたのは、赤ちゃんのころでした。プールでは、池田先生がずっと付き合ってくれました。

　先生は、小さいころから来てくれていて、私の体のことをとてもよく知っています。私の体は、自分ではわからないこともあるのですが、先生は私の体を触って、「今日はここだね」って言ったり、体を柔らかくしてくれたりします。

　私は、いろいろな人に会うのが好きです。人とのかかわりを大切にしたいと思います。

　私は、ふつうの小学校に行っていました。私みたいに歩けない子はいなくて、みんな歩いて学校に来ていました。学校ってどんなところかわからなくて、みんなで遊ぶところだと思っていましたが、机があって椅子があって、学校は座って勉強するところでした。

　私は椅子に座れないので、先生に抱っこしてもらったり、うつぶせで字を書いたり、寝ながら先生の話を聞いたり、一生懸命やりました。

　先生はとても優しくて、ずっと付いてくれて、私はさみしい気持ちになりませんでした。字を書けるように支えてくれたり、いっしょに絵を描いたりしてくれて、とっても楽しかったです。

　私は、幼稚園の友だちといっしょに1年生になれました。その子たちとは、仲良く過ごしました。車椅子を押してくれたり、階段を手伝ってくれたり、たくさん手伝ってくれました。

　私が小学校に通うために、階段には昇降機、段差にはスロープがつくられました。私が学校に行くためには、欠かせないものです。お願いをしたのは、私ではなくてママです。

ママのおかげで、私だけでなく、私よりあとのみんなにも助かっていると思います。

　小学校では、先生が体の介助や勉強の介助をしてくれましたが、友だちのほうが、私の気持ちをわかってくれていたと思います。いつも私のそばにいてくれて、手伝ってくれました。とても優しい子たちでした。なんで上手にできるのかなって、不思議です。

　友だちは、私のこと障がいがあるって気づかったりせずに、「私はどう思ってるかな？」って考えてくれました。友だちが言ってくれることはだいたい合っていて、私はしゃべれないけど、クラスの一員として存在できていたと思います。

　友だちは、よく私のことを見てくれています。私がいるから、みんなが我慢しなくちゃならないこともあったかもしれませんが、私に変なことを言ったり、いじめられることはなかったです。とっても楽しい学校生活でした。

　家に遊びに来てくれたこともありました。私の家は、学校の近くだったので、学校帰りに家によって遊びました。

　私は、ただいるだけでできないことも多かったけど、みんなが遊んでいるところを見たり、話を聞いたりするのが楽しくて、ゲラゲラ笑っていました。そうすると、みんなも笑顔になってたくさん笑顔が見れます。

　私の役割は、みんなを笑顔にさせて楽しませることです。みんな、私のことを嫌がらずにいてくれてありがとう。

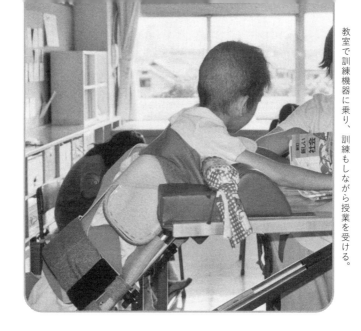

● みんなと同じように

　小学校では、ことばや計算など、いろいろ教えてもらいました。でも、全部は覚えていなくて、少しだけ理解していたと思います。

　私は、字を見るのが上手くできなくて、教科書を読んでもらわないと自分では読めませんでした。だって、顔が動いて上手く字を見れなくて、続きがどこだかわからないからです。でも、先生がいつも読んでくれたし、その声で少し理解できていたと思います。

　先生はいつもいっしょにいてくれて、私は先生が大好きでした。勉強する時に私に字を書かせることは、手が上手く動かないので先生は大変そうでした。

工作の時間は、私の大好きな時間でした。友だちといっしょに絵を描いて、ものをつくっていました。特に絵を描くのが好きで、みんなに見てもらうのが楽しみでした。

　音楽の時間は、みんなの声を聞きながら、私もたくさん声を出して歌えることが楽しかったです。

　私は、勉強すれば、私も字を書いたりしゃべったりできると思っていたし、みんなと同じようになれると思っていました。

　大きくなっても、上手くしゃべれなくて困りましたが、ひらがなは書けるし、わからない漢字もあるけど、わかる漢字もあります。

　小学校では、幼稚園みたいにみんなとずっといっしょではありませんでした。私の体のことを考えて、みんなとは別の部屋に行ったりもしました。リハビリの時間です。

　本当はいっしょにやりたかったこともあったけど、私にはできないし、みんなも困ると思ってあきらめたこともありました。

　私は、小学校に6年間通っていたけど、みんなと違って、たくさん休みました。体のことをママは心配していたので、病院にもよく行きました。本当は勉強をもっとしていたかったけど、しかたないです。

● みんなといっしょにいるのが好き

　私は、小学校が一番楽しくて好きでした。だってみんなが私

2泊3日の林間学校でのキャンプファイヤー。

のこと好きって言ってくれたから、私はクラスの一員でした。

　授業はみんなといっしょにできたし、わからないことは、みんなが教えてくれたし、クラスで練習したり、みんなといっしょにやっているのが楽しくてしかたなかったです。

　私だけ違う部屋に入ったり、病院に行かなくちゃいけなくてさみしかった思いがあります。私は、みんなといっしょにいるのがとっても好きでした。だから違うことをするのが嫌でした。

　私は、小学生の時からたくさんの仲間に囲まれて過ごしていました。仲間ってとっても良い。

　林間学校や修学旅行があって、はじめてママがいない夜も過ごしました。ママは心配していたけど、みんなと夜おしゃべりして、寝るまでいっしょにいられてうれしかったです。

帰ってからママに「どうだった？」って聞かれて、笑顔で答えたのを覚えています。とっても良い時間でした。私の人生の中で、大きな出来事でした。

　中学も、ふつうの中学校に行きました。中学校では、いろんなことを学びました。勉強は難しくてあまりできなかったけど、私にも見えるようにしてくれたり、先生も付いてくれていっしょに勉強しました。でも、時間が長くて疲れてしまったり、私の体力がなくなりました。
　中学になったら、みんな忙しそうでした。私のそばに来てくれる回数が減って、みんなと話す時間も減って、私のわからないことも多くなりました。私は、みんなとしゃべれないことがさみしかったです。

● みんなといっしょにいられなくて

　高校は、ふつうの学校に行けなくて、養護学校（特別支援学校）に行きました。ふつうの高校に入りたかったけど、先生に「できない」って言われてしまって、行き先がありませんでした。
　みんなといっしょにやってきたのに、急に別れることになって悲しくなりました。みんなも泣いていたのを覚えています。
　高校生になったころ、私は体が痛くて大変で、高校に行きませんでした。学校に行っていなかったので、友だちもいなくてさみしかったです。

　でも、その高校はあんまり気に入ったところではありません
でした。今までの友だちもいなくて、さみしくて泣きそうでし
た。どうしてみんなと違うんだろうって、思いました。

　今思うと、高校の子は、私みたいに歩けなかったり、しゃべ
れない子だったので、もっといろいろなコミュニケーションを
とって、気持ちを聞いてみれば良かったなぁと思います。

　学校に行かなくても、その高校の訪問学級の先生が家に来て、
いろいろなことを教えてくれました。訪問学級がない日は、フ
リースクール（おーぷんどあ）に行きました。高校には行って
ないけど、楽しくやりました。

　先生は、私のことをよく見てくれて、たくさんいろいろなこ
とをやらせてくれて、とっても楽しかったです。

私は、勉強が嫌なのかもしれません。先生は、私のできること
や、自分でやってできないことを手伝ってくれました。絵を
描いたり、英語をしたり、畑に行ったり遊んでばかりでした。
でも、私の気持ちは落ち着きました。

● 私らしく

　私は、幼いころから、私らしくを考えていました。私が私ら
しく生きることが、みんなを幸せにするって。

　小学生の時、みんなと過ごせたことは、私の考えを積極的に
してくれたと思います。みんながふつうの同じ人間として、平
等に私のことを考えてくれたから、私も自分の意見を言っても
いいんだという気持ちになれました。
　みんなが言っていることは、私も思っていることでした。同
じ地域で生まれ育ったから、みんな同じ考えを持っていたのか
もしれません。

　私みたいな子どもたちに、いろいろな経験ができることを
知ってほしいです。

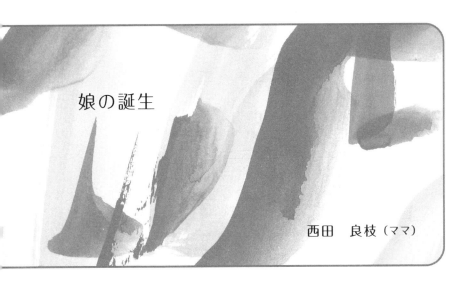

娘の誕生

西田　良枝（ママ）

● 「その時」がきた

　江里が生まれるまでは、お腹の中に子どもがいることはわかっていても、この体から赤ちゃんを産むことができるなんて、どうしても想像ができませんでした。きっと「その時」がくれば、産むことはできるんだろう……かなと。

　なので私は、「その時」に備えて、ラマーズ法をヒッヒッフゥーなんて言いながら一生懸命やっていました。

　生まれて江里を見た時には、「愛だ！」ととても強く感じました。日記を書く習慣のない私が、このことだけは書いておかなきゃと思って、何かにその時の感覚を書いておいたことを覚えています（残念ながら、行方不明ですが）。

　愛そのもの、愛の存在、愛を姿にするとこうなる？というような感じでしょうか。

江里の命が、もともと持っているエネルギーというか、魂というか、それがこの世に生まれてきた瞬間に伝わったように思います。

今思えば、この不思議だけれど確信した感覚は、ずっと私がひとつの生命である江里の価値を、障がいがあるからといって割り引いて考えたり、存在に引け目を感じることもなく、揺らがずにこられた源だったような気がします。

江里自身が、生まれた時に存在そのもので伝えてくれていたんだと感じます。

江里は、予定日より2週間遅れての出産でしたが、ふつうの健康な赤ちゃんとして、一般的な育児がはじまりました。

ちょうど時代は、バブル経済。夫が脱サラ後、独立して自営になった会社も順調で、何も心配することはなく、この子にはどんな素晴らしい教育や環境を用意すればいいのかな？なんて、未来への期待と幸せでいっぱいでした。

● 特別な生き物のような感覚

忘れられない出来事は、人生長く生きてくればたくさんありますが、私が、障がいや、差別や、偏見に気付いた出来事があります。

それは、江里が「正式」に障がいがあると言われた日のことです。

東京都の障がいについての医療や療育を担う専門センターに
はじめて足を踏み入れた日、私は入り口に置かれているスリッ
パを履くことをためらいました。

　私はそのスリッパを、汚いものであるかのようにつまんで下
駄箱から取り出し、履きました。

　そのあと、私の目に入ってきた光景に驚いた自分がいました。
よだれを流しながら、聞き取ることができないことばを発しな
がら歩いている人、頭に何かかぶって（ヘッドギア）頭をゆら
ゆら動かしながら付き添われながら歩いている人、見たことの
ないリクライニングされた大きな車椅子に、変形している体を
預けている人……。

　江里もこういう人たちになるのかなぁ……そんな問いが私の
中に浮かんできました。

　その時の私には、嫌悪感ということばや感覚はなく、嫌だと
思う気持ちすら自分の中から追い出したのか、ただ、「怖い」と
いう感覚がありました。

　私は、見通しがほしかった。「この子には何が起こっていて、
どうなっていくんですか？」そして、「何をすればいいんです
か？」を知りたい、それが勝っていたのだと思います。

　江里は生後まだ７カ月でしたし、首も座らなかったので、
抱っこしていました。でも、長時間抱っこすることもできませ
んし、おむつの交換もしなければなりませんでした。

専門センターの病院は、清潔に整えられています。掃除の行き届いた広い廊下には、きれいなシーツが敷かれた子ども用のベッドが、ポツンポツンと距離をおいて置かれていました。

江里を降ろすには、最適な場所です。そのために置かれているベッドです。

ここでもまた、このベッドに寝かせることに躊躇する自分がいました。ためらった挙句、持って来た江里用のバスタオルをわざわざベッドに敷いて、そっと降ろしました。

障がいがあるってわかって、「悲しかった？」と言われれば、悲しかったです。センターからの帰り道は、高速を運転しながら約1時間半、ずっと泣きっぱなしでした。

その時の涙の意味は、自分でもわからなかったですが、「いろいろなことを奪われる」という直感があったと思います。理屈ではない、とても感覚的な涙です。

そのころの私に理論はありませんでした。でも、ふつうと別の生き方しかできないのではないか、自分と同じような人生を歩めないのではないか、という不憫さはあったのかもしれません。江里が、特別な生き物になってしまったような感覚でした。

● 娘がかわいくてしかたない、ただそれだけ

私が障がい告知で泣いたのは、車の中の1時間半のみでした。現実的な私の頭の中は、これからこの子はどうなっちゃうんだ

ろう。私は何をすればいいんだろう、やれることはなんでもやる、「やれることを誰か教えてー！」となっていました。

　だから、やれること探しと、探したら実行に集中することがその当時の私を支えていたのだと思います。

　私は、障がいがあると言われても、江里自身を残念に思うとか、嫌だとかなんて、一瞬も、一ミリも感じたり、考えたりすることはありませんでした。

　むしろ、はじめての専門センターで目にした人たちのように江里がなっていくことが、ピンとこない自分がいました。

　ふつうの７カ月の赤ちゃんと同じことができずに、心配と不安がありました。でも、江里のことはかわいくてしかたがない、ただそれだけでした。

● 今だから思う、私にとっての障がい者

私が子どものころは、養護学校（特別支援学校）の義務化はなく、自分で通えないような子どもは、学校には行けずに家で過ごしていたみたいです。

私の友だちのお姉さんは、たぶん脳性まひで、ことばも聞き取れなかったし、歩くのもゆらゆらゆっくり歩いていました。でも、友だちのお姉さんで、何より不思議で……なんで学校に来ないの？と思っていました。

当時は、障がい児だとはわからず、学校で机を並べていた子たちが、年齢を重ねるごとに周りから消えていってしまう。友だちのお姉さんのこともいつの間にか忘れていました。

街の中で障がいがある人がいても、子どものころは私の母が、「ジロジロ見るのは失礼ですよ」と言っていました。私が働いた会社には、障がい者もいませんでした。つまり、障がいのある人を知る機会がなかったのです。

大人になった障がいのある人たちは、入所施設に行ってしまって、社会の中からは姿が見えなくなってしまい「ないもの」になっていました。

現在の私は、障がい者はそういう理不尽さを少なからず抱えている人だと思えます。というか、江里を育ててきて知ったり、考えたり、学んだりしてきた今だから、そう思うのでしょう。

● 何をやれば良いかがわかった瞬間

　江里に障がいがあることがわかったのが、生後7か月くらい。その後、療育を受けるために通所先をふたつかけ持ちし、家ではドーマン法という民間療法も行うなど、江里のためになると思うことはなんでもする日々でした。

　ある時、「特別な生き物？」だと思っていた江里と、目の前でニコニコしている江里が、イコールであることに、はたと気付きました。
　「江里は、私がお腹を痛めて産んだまぎれもない、ひとりの子どもで、人間だから、特別な生き物であるわけがない。私と同じ人間だ。私にとっては、何物にも代えがたいかけがえのないただのわが子なんだ」。
　心の奥ではそんなこと知っていたし、当たり前なのですが、それこそ、心から腑に落ちた、そうだった、と思ったのです。

　その瞬間から、私のやるべきこと、はじめての子育てで何をすればいいのかが明確になりました。
　私は、「江里がひとりの人間として、私たちと同じように堂々と社会の一員として生きていくことができる環境をつくる役割を担おう」と決めました。
　その道は、子育て期が終わった今でも続いています。

教育ママの私は、江里が３歳になる前には、どんな教育環境がベストなのか、良いと言われる学校や学級の見学に行きました。全国のどこでも転居する覚悟でした。

　出した結論は、「地域の子どもたちが通う、ふつうの学校の、ふつうのクラスに行く」でした。

　理由はひとつです。子どもたち同士の育ち合いを障がいがあるからと言って奪えない、と思ったからです。

　「ふつうの学校に行く」と決めてからは、こわごわ地域の親子幼児教室に通い、市立の幼稚園に通うことにしました。

　幼児教室では、ママ友だちができました。幼稚園入園はドキドキでしたが、やはり、幼稚園のママ友だちと素敵な先生方に恵まれ、小学校入学への決意がさらに固まりました。

　何より、幼稚園でできた江里のお友だちは、江里といっしょの小学校に行くことが当たり前、と思っていました。

　● ３月に届いた入学通知

　小学校の入学は、容易ではありませんでした。何度も何度も教育委員会と話しをすることになりました。

　言われることはどの方も同じ、「お子さんの幸せを考えるなら、養護学校に行かせなさい」でした。「普通学校では教育の保証はできない」とも言われました。「ただいるだけになりますよ」と。

　私と夫は、「わが子の教育をどこで受けさせたいかは、自分た
ち親に決めさせてほしい」「私たちは、娘の幸せを考えて普通学
級への入学を望んでいる」と伝え続けました。

　同時に、ただいるだけではなく、障がいの特性に配慮をして
ほしいこと、それらの情報は惜しまず提供することも伝え続け
ました。

　当時は、仲間のいろいろな障がいの子どもたちと江里を含め
て７名が、就学指導検診を受けずに普通学級へ入学をしました。

　みんなには１月に届いている入学通知が、３月に届きました。
そのハガキを握りしめて、ママ友だちと電話で泣き合ったこと
が懐かしいです。

● 江里がつらい思いをしないだろうか？

ふつうの学校に行こうと決めて、地元の幼稚園に入園する時、「いじめられないか？」「江里がつらいことはないだろうか？」と考えていました。

だから、入園式は今までの人生の中で一番緊張しました。それは、杞憂に終わりましたが。

小学校では、江里が放課後友だちと遊ぶには、私が介助、通訳役になる必要があります。必然的に、私も常に子どもたちと遊んでいる状態でした。

子どもたちと友だちのようだったので、子どもたちの「ヒミツ」も聞かされていました。その中には、先生の言ったことや江里への対応などもありましたが、「いじめ」が私の耳に入ったことはありませんでした。

大きかったのは、保護者のみなさんの意識ではないかと私は思います。私の知らないところで、たくさんの協力や励ましをくれました。

私は、子どもたちにも保護者のみなさんにも、江里を説明することを自分の務めのようにしていました。常にオープンマインドでいようと決めてはいましたが、それも、江里が私をそうさせていたのだと思います。

みなさん、障がいがあることで排除するのではなく、「受け入

れていこう」としてくれているのが、私にもよくわかりました。

　週末には、ドライブに行ったり、海水浴に行ったり、家族ぐるみでのお付き合いをした友だち家族もいました。

　もうひとつは、子どもたちの本来の姿です。幼稚園や学校の先生に介助を教えるために、私も園や学校に通い、放課後たくさん子どもたちと過ごしました。

　そこから見えた子どもたちの素は、異質なものや違いを排除しようではなく、むしろ異質なものや違いに興味を持ち、「違いをありのまま受け入れていくもの」と感じました。ましてや、障がいを「悪いこと」としていないと感じました。

　さらに、保護者の方たちの理解や説明があり、江里はいじめられるのではなく、守られ、尊重されてきたのではないかと思います。いじめは、私の耳に入らなかったのではなく、そういう空気の中では起こらなかったのではないかと思っています。

● ふつうの学校の6年間が基盤に

　中学校は、小学校と同じようにはいきません。子ども同士のかかわりも、思春期に入り親から精神的に離れていく中、いつも私という親の介助が必要な江里が、友だちと過ごすこと自体が難しくなりました。

　友だちは携帯を持つ、自転車での移動が主になる。何より、放課後はほぼみんな部活をしています。

なんでもみんなといっしょにやってきた江里の友だちからは、「部活何すんの？」「江里は絵が好きなんだから美術にしなよ。いっしょにやろう」と言ってくれる子もいました。うれしかった。

学校では、授業に介助を配置することはできても、部活にまでは対応できないとのことでしたが、市単独の補助制度を用意して介助者を付けてくれることで、晴れて部活に参加できるようにもなりました。

学校の中で教科ごとの先生たちとの新しいやり取りは、不安でもありましたが、理解してもらう機会が増えたと受け止めていました。介助の先生と担任の先生が理解してくださっているという、安心感もありました。

それは、小学校の6年間の積み重ね、基盤がしっかりしていたからだと思います。

● 伝え続けて、受け止められて

私が、何よりいつもエネルギーを注いでいたのは、
「江里自身を理解してほしい」、
「ひとりの子どもとして、江里を見てほしい、感じてほしい」。
同時に、「障がいを理解してほしい」ということでした。

「知らないことは、全く問題ない、知ろうとしてください」と

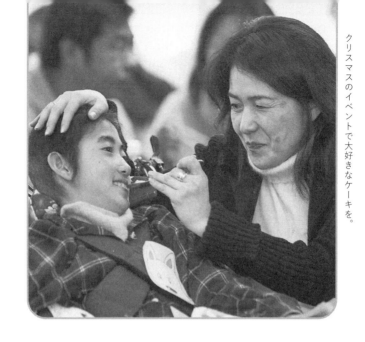

クリスマスのイベントで大好きなケーキを。

伝え続けてきました。

　普通学級の先生たちは、社会の中で一番「障がい」に遠い人たちだということも実感しました。でも、それはそうです。学校は、一定程度の範囲の子どもたちの学級経営をするのですから。

　障がいのある子どもたちを分けてきたので、普通学級の先生の目の前に障がい児が現れることはありませんでした。

　それにもかかわらず、どの先生も、江里が自分のクラスの子どもとなったとたん、本当に熱心に受け入れようと努力してくださいました。

　私のたくさんの涙も訴えも、先生たちが受け止めてくださったことは、幸せなことだったと思います。

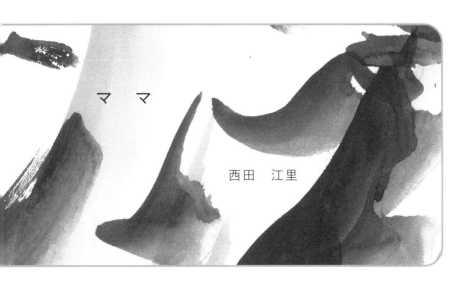

ママ

西田　江里

● たくさんのことを教えてくれたママ

　小さいころ、ママは江里にたくさんのことを教えてくれました。ママから絵のことも教わりました。ママは、いろいろなことを知っていて、私の知らないことを教えてくれます。

　みんなにも教えているみたいだけど、教え方が良くないなと思う時もあります。

　ママのことを、小さい時から尊敬しています。

　江里の友だちみんな、ママのことが好きです。ママがたくさんみんなと遊んでいたし、つらい時もそばにいてくれたから、みんながママを好きでした。

　私が小さいころ、ママはいっぱい遊んでくれました。いつも

いっしょでした。「江里はかわいいね」って言ってくれました。足が動かなくて、歩けないってなっても「江里は、江里のままでいいんだよ」って言ってくれました。

　私の人生は、とってもママに影響を受けました。ママがいなければ私も生まれなかったけど、ママだったから、今の私がいると思います。

　ママは、「障がいがある」って私に言いませんでした。だから私は、みんなと違うってことがわかりませんでした。でも、自分で「みんなと違う」と思ったから、良かったと思っています。

　もし、ママに言われていたら「みんなと違わないよ」って思っていたし、自分が嫌になっていたかもしれません。自分が嫌になっていたら、マイナスなことばっかり考えてしまうかもしれません。

● 私の心配をするママが心配

　ママの心配なところは、いつも心配しすぎているところです。ママは心配性なのです。

　ママが私の心配をするくらい、私もママが心配です。なぜかと言うと、ママはいつもがんばりすぎるからです。

　ママはのんびりできなくて、とっても忙しかったです。「とも」をはじめてからも、いつも忙しそうで、私は心配していました。

家でもママはお仕事していたみたいで、私が寝たあともがんばっていたようです。

　ママが仕事で忙しくなって、こんなに大変だったら無理してやらなくてもいいのにって思ったけど、私のためにやってくれているから、「ありがとう」って思っていました。

　でも、「もっとラクにしていければいいのに」とも思っていました。

　ママのがんばりのおかげで、「とも」にはたくさんの人に来てもらって、たくさんの思い出があります。「とも」は、私にとってなくてはならないものになりました。

　ママは、私のためにいつも働いてくれていました。ママがつらいって言っているところを私は見たことがありません。本当は、きっとつらかったと思います。

　ママには、もう少し私に頼ってほしかったです。もっと、私が支えていきたいです。

　ママとはケンカもするし、意見が合わない時もあるけど、私のことを心配したり、応援してくれているのはわかっています。ママいつもありがとう。これからもよろしくね。体、無理しないでね。健康でいることが、大切だよ。お互いにね。

● ママがいたから

　ママが、「障がいがあっても、希望する生活をしていいんだ
よ」って言っているのを聞いて、しゃべれないし、歩けないし、
何もできない私だけど、「こうやって生活したい」って言ってい
いんだって思いました。

　それで私は今、みんなに「こうしたい」って言えているのだ
と思います。

　ママが与えてくれたことは、今の江里にとってとても大事な
ことです。だからママに言いたいです。

　「もう大丈夫だよ」

　「私は、みんながいるから生きていけるよ」

でも、ママは私にとって、世界で一番のママだから、それは変わらないよ。

　ママは、どうして「生きていい」って言ってくれたの？

　私が江里として「生きていい」って言ってくれたよね。

　私の考え方は、私にしかできない。でも私は、みんなのように働くことができない。それでも「生きていい」って言ってくれたよね。

　私のことを、産んでくれてありがとう。

　私のことを、育ててくれてありがとう。

　私のことを、認めてくれてありがとう。

　ママは、自慢のママです。これからは、ママに頼らずに生活していきたいです。

親離れ・子離れ

西田　良枝（ママ）

● 支援を得ながら生きていくために

　子どものころの江里は、いつもニコニコしていて、あまり泣いたり怒ったりしない子だったので、「やっぱり障がいがあるから、いろいろなことがよくわかっていないのかな？」なんて思った時期もありました。

　幼稚園の卒園式、泣いている子どもはいませんでした。江里もいつも通り泣いていませんでした。

　2年間、本当の親のように介助にあたってくださった明るくて元気で愛情たっぷりの介助の先生とお別れなのに……私は涙でぐちょぐちょなのに……「江里はいつもと変わらない様子なんだなぁ」と思っていました。

　しかし、卒園から2週間後、福祉センターで介助の先生とばったり会った時、先生の顔を見たとたんに江里が泣きべそをかきはじめ、そして泣き出したのです。

「さみしかったんだね」「お別れをわかっていたんだね」「ずっと心に秘めていたんだね」と、私とその場にいた人たちも、なぜか江里と同じように泣いていました。

怒りなさいとは教えていませんが、「いつもニコニコしていては相手には伝わらない、嫌なことはきちんとノーと言いなさい」と言っていました。でもそれは苦手そうでした。

やってもらったこと、助けてもらうことには、感謝の気持ちと「ありがとう」を、嫌なことは「嫌だ」「ノー」と言うことを教えてきました。

それは、支援を得ながら生きるしかない江里には、大切なことだと思っています。

● ふつうの子どもとして成長していければ

子育ての中で、感じたり、気付いたり、考えたりするきっかけになったエピソードがいくつもあります。

その中でも特に大きいものが、小学校の"林間学校"です。

江里は、障がいが重いこともあり、親戚の家にお泊まりに行くなどはしたことがありません。

日中、幼稚園や学校の時間以外は、私とほぼ離れたことはありません。ほぼというのは、当時浦安市が行っていたヘルパー

派遣を利用することがありました。

　しかし、週に４時間まで、かつ、「見守り」のみで、床の上に寝っころがっている江里をヘルパーがふたりでただ見ているだけの支援でした。幼稚園の保護者会など以外では、あまり利用することはありませんでした。

　江里は、首も座らずひとりでは何もできません。いつでも、どこに行くにも、ご飯を食べるのも、遊ぶのも、お風呂に入るのも、何をするにも、私の体の一部みたいになって日常を過ごしていました。

　私しか、江里の介助はできないと思っていました。私の介助が、江里にとっては一番いいのだとも思っていました。それは、なおさら私を母子密着にさせていたのだと思います。

一方で、ふつうの子どもたちと同じように育てていくことに揺らぎはありません。

　ふつうの子どもたちと同じような体験をし、教育を受け、育っていくには、「障がい部分」へのなんらかの手立てが必要になります。大きなものが、私が行っている介助です。

　学校生活の中では、学校が担ってくれました。林間学校は、学校生活の一部だけれど、授業とは明らかに違う環境です。

　バスに乗り、海でキャンプファイヤー、山登り、みんなでご飯を食べて、お風呂に入って、みんなといっしょに夜を二晩も過ごす。二晩を過ごすには、服薬や着替え、排せつ等々、学校の中では行わない介助が細々とたくさんありました。

　小学校5年生ではじめて、いきなり二晩も私から離れる体験です。学校との準備には、一学期すべてを使いました。

　当日、信頼しているとはいえ、先生方に託すことはどんなに準備をしても心配でたまりませんでした。いつもはあっという間に過ぎていく1日が、時間が遅々として進まない長い長い2泊3日でした。

　江里も不安だっただろう、家を離れてさみしかっただろう……そう思って、学校のお迎え場所に急ぎ足で行きました。その時の光景は、今も目に浮かびます。

　真っ黒に日焼けして、たくましく大人びた顔でキラキラした江里。周りに付き添ってくださった、くたびれ果てた先生方。

先生たちが私しかできないと思っていた2泊3日を、見事に介助してくれた。江里もさみしがるどころか、嬉々として成長した顔をしていました。

　帰り道……今まで全く思ってもみなかったけれど、もしかしたら、江里も大人になるんだ。親の私から離れていく。精神的には離れていく（少なくても）。私も子離れしていく……していくのがふつうだ……と。

　今までは、「どんなふうに……」とぼんやりしてはいましたが、この時はっきりと、「親離れ子離れ」のことばが浮かんできました。

　家に帰り、代休だった翌日の夕方まで、江里はずっと考え事をしていました。まるで、2泊3日を整理するかのような表情でした。

　このころ私も、「一生、江里の手足口となる生活を続けていくのだろうか？……自分が熱があることも気が付かないくらいの毎日を……」とも思いはじめていました。

　「親離れ子離れ」、この2泊3日を少しずつ延ばしていけば、それは可能になっていくってこと？……ふつうの子どもとして成長していけば、大人になり、働き、自立していく。

　私は、どこかで以前耳にした「障がいがあっても、成人したら親としての役割を終え、社会で支援を受けて生きていく」を思いました。

じぶん

西田　江里

わたしは　じぶんをしりました
じぶんと　ひととはちがうことを

じぶんは　できないことがある
でも　みんなといることで
なんでもできる　どこにでもいける
じぶんは　そんなじぶんがすきです

みんなのちからをかりることで
つらいことは　なくなりました
みんなとは　ちがうけど
みんなも　ちがう
つらいのは　みんないっしょ

わたしには
のりこえられる　ちからがあるのです
みんな　そのちからをもっています
だから　じぶんのことをすきになりましょう

2章
私に
できること

仕　事

西田　江里

● 私の仕事

　私は、仕事をしています。「とも」[1)]に勤めて 13 年になります。
私は、今川センター[2)]で仕事をしています。前は、「ほっぷ」[3)]の
リサイクルショップで服を選ぶ仕事をしていました。

1）社会福祉法人パーソナル・アシスタンス とも：1992 年、西田良枝（マ
マ）を含む障がい児の親が立ち上げた自助グループ「浦安共に歩む会」が、親
としてニーズを一番わかっている私たちがサービス提供を実践してみようと、
2001 年に NPO 法人として設立。タイムケア事業（現在パーソナルケア事業）、
療育事業、相談事業を開始。逃げずに本気で地域福祉事業を展開する決意の証
として、2006 年に社会福祉法人化。誰もが心豊かに、安心して、その人らし
くともに暮らせる地域社会の実現を目指して、利用者のニーズに応える様々な
事業を展開。現在 12 の事業所を拠点に、24 時間 365 日の支援を行っている。
2）地域活動支援センターとも 今川センター：2008 年、当事者の活動拠点と
して創作活動の場、地域の人との出会いの場として開設。
3）地域活動支援センターとも 駅前センターほっぷ：2008 年、新浦安駅構内
に、昼はリサイクルショップ、夜は立ち飲み処として地域との交流の場として
開店。2020 年に惜しまれつつ事業が終了。

「ほっぷ」での仕事はとても楽しかったです。今川センターでは、絵を描く仕事をしています。今は、本を書くのも仕事です。

　仕事は、私が選んだものではありません。高校を卒業した時に、ママといっしょに決めました。
　本当は保育士になりたかったです。幼稚園の時にたくさんサポートしてもらったので、今度は私が子どもたちを支援したいと思いました。
　でも、それは難しいよって言われてできませんでした。それに、保育士さんになるには進学して勉強しなくてはいけません。なので、他の夢を持つことにしました。
　次の夢は、画家です。小さいころから絵を描くのが好きで、好きなことを仕事にしたいと思ったのです。
　今でも保育士はなりたいって思います。でも、絵を描く仕事は私のできることを活かしてできるから、楽しいです。

　はじめは、どんな仕事ができるのかわからなかったです。私はしゃべれないし、腕も自由に動かせない、車椅子に乗らないと移動できません。
　でも、スタッフのたくさんの助言で、私でもできる仕事ができました。利用者さんの対応をしたり、お客様を接客したり、私の描いた絵でカレンダーをつくったりしています。
　絵を描くことは、小さいころからしていました。ママが絵が好きだったから、いっぱい描きました。

私は、自分では絵が上手くないと思っていたけど、仕事で描くようになってみんなから、「上手い」って言われて、自信になりました。

　今までたくさんの絵を描いてきたけど、一番好きなのはハワイのフラの絵です。みんなのことを描いた絵も好きです。私がみんなを描くのは、みんなのことをとても好きだからです。私は、好きな人を描きたいのです。

　私の描いた絵で、毎年カレンダーをつくっています。これは、大変なことです。みんなで協力して作成しています。私の絵を見てもらえるのはとてもうれしくて、みんなに感謝しています。

　直接会えない人にも郵便で送ります。なかなか会えない人ともつながれるから、この仕事ができてうれしいです。

　仕事なので、みんなを感動させる絵を描くために、これからもがんばります。

　● こうして描いています

　私は、手に不随意があってとっても絵が描きづらいです。スタッフが、描きやすいように支えてくれます。

　私が手を動かさなかったら手は動かないし、動きすぎたら、手はたくさん動きます。スタッフが描いているわけじゃなく、私の体が変なところにいかないように支えています。

　スタッフがいないと、私は描けません。難しいかもしれない

けど、いっしょにやってくれています。

　たまに、行きたいほうに行こうとしても、手を押さえられることがあります。そういう時は、怒ってみます。そうすると、スタッフはびっくりして離します。

　また、スタッフが間違えて色を濃くしちゃったりすることもありますが、それでもいいかなぁって思います。

　昔は、先生が描いていて、私はいっしょに動かしていました。ママは私が描いてるって思ってたかもしれないけど、私は動かされていました。

　私も、自分で描いてると思っていたけど、今考えるといつも動かされていました。たぶん、私が動かしたら絵がめちゃくちゃになるから、先生はしかたがなかったのかも。

仕事で絵を描くようになってからわかったけど、きれいに描けても、自分で描いてないのはやっぱり違うし、自分で描くとめちゃくちゃな絵でも楽しいよ。

　もっと前、私が小さいころ、絵の具がついた手を紙につけて描いていました。手だと気持ち悪かったけど、すごく自分で描いている感じがしました。楽しかった。小さいころからやってきたから、今こうやって描けるんです。

　私の絵は、私にしか描けないのでとっても大事です。私がノッている時は、明るくていい絵になります。ノッていない時は、いい絵じゃありません。

　絵は、楽しく描くほうがいい絵になる。絵は、たくさん描けば上手くなる。私は、たくさん描いたから上手くなったと思います。

　絵のモチーフは、自分で行きたいところを考えて、そこに行きます。例えば、チューリップが描きたかった時には、広場まで車で行きました。実際に見るのと写真で見るのでは、見え方が違ってくるので、実際に見たほうがいい絵になります。

　自分の目で見たきれいなチューリップはとってもかわいくて、チューリップが好きになりました。

　写真で構図を決めるのもずっとやっているので慣れていますが、私から見える形とスタッフが見える形に違いがあって、たまに教えてもらいます。どうするか迷いますが、ちょっと考え

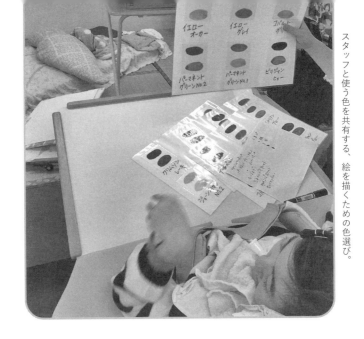

スタッフと使う色を共有する、絵を描くための色選び。

　て、そのほうがいいって思ったらそう描くようにしています。
教えてもらえるとうれしいです。

　私の目からは、細かいことが見えてないことが多くて、たく
さんあるとよく見えないので、目は見えているのですが、なん
でかな？と思います。

　いつもこんなにたくさん絵を描いているのに、まだ「描けな
い」時があります。いつも描くのには、時間がかかります。絵
を描くのは、難しいことばかりです。

● アート展

　私の描いている絵は、アート展で飾られます。

私の描いた絵を見て「すごいね」って言ってくれる人がいたり、毎年見に来てくれる人もいます。すごくうれしいです。

　私にしかできないことを見つけてくれたママには、ありがとうって伝えたいです。

　アート展は昔からやっていて、もう何回もやっています。私の絵がよく見えて、みんなの絵もよく見えるので、アート展は私にとって、とっても大事な会です。

　私が絵を描いても、飾るところがなければ見てもらえないし、障がいがあっても、絵を描いているってことがみんなに伝わるし、こういう障がいがあっても、ここで生きているってことが伝わるから大事です。

　これからもっと、いろいろな人に絵を見てもらいたいです。私にもできることはあるので、知ってもらいたいし、「これは私が描いてる」って言いたいのです。

　人に絵を見てもらうことは、私の励みにもなるので、アート展がこれからも開催できるといいです。人からのことばは、私の励みになります。

● リサイクルショップ「ほっぷ」で働く

　「ほっぷ」では、店員として出勤していました。お客様の接客や、袋詰めや、値札付けをやっていました。

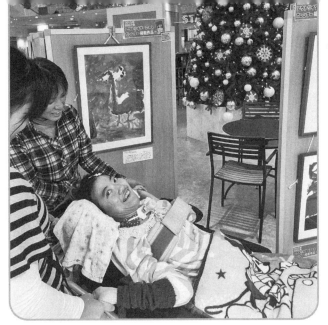

『アトレ新浦安』で毎年開催、「アウトサイダーアート展」、自身の絵の前で。

　働きはじめは慣れなくて、お客様にあいさつをしたり、お礼を言ったりすることも少し恥ずかしくて、目をそらしたりしました。

　だって、お店で働いたこともないし、みんなが私のことを見ているし、なんて言ったら伝わるかわからなくて緊張しました。

　でも、そのうちに慣れてきて、笑顔でニコニコしてることが私の接客のやり方だなって思って、声を出してニコニコしてあいさつするようにしました。楽しく働いていました。

　お客様が私を見て、「どうしてここにいるの？」って聞いてきたり、はじめて見るかのように、びっくりした顔で私を見てたり、それは私にとっていい経験でした。私は、そういう出会いでも大歓迎でした。

お店の中だけじゃなくて、チラシ配りをしたり、ディスプレイを考えたりして、お店に入らない人ともかかわることができました。

　チラシを受け取ってくれる人は、笑顔で受け取ってくれて、うれしかったです。私の手から受け取るのは、みんな緊張しちゃうかもしれないけど、直接渡せることはとってもうれしくて、仕事してるって気がしました。

　ディスプレイして服が売れると、すごくうれしかったです。掘り出しものを探して、ディスプレイしてました。

　知らない人から話しかけられて「がんばってね」って言われることもありました。すごくうれしかったです。

　もっといろいろなお客様と話したかったし、もっと私のことを知ってもらえる場所が必要だったのに、今は閉店して、そういうかかわれる場所がないことが、残念です。

● 同　僚

　私には、同期の職員がたくさんいます。ひとりは、同じ療育をしていた幼なじみで男の子のＴくんです。私は彼ととても仲良く遊びました。私のこと頼ってくれて、うれしかったです。

　彼は、職場でも人気者でした。いろいろなことをいっしょにしました。障がいがあっても、地域で住んで、小学校に行くことをふたりでやりました。

駅前センター「ほっぷ」、昼のリサイクルショップで店員をしていたころ。

　こうやって同じ地域に同じように生きてきた友だちがいることは、とても心強くて私にとって自信になりました。

　もうひとりは、「とも」に入社してから会ったSさんです。Sさんは、とても優しくて好きでした。私は、自分で企画とか資料をつくったりできないので、Sさんが私の代わりにいろいろつくってくれたり、カレンダーの写真やレイアウトなどをやってくれたり、Sさんのおかげで、私は仕事ができていました。

　ふたりとも今はもう辞めてしまったけど、このふたりからとても力をもらい、ここまで仕事ができました。

　同期の中でも仲良くしていたのは、今でもヘルパーとしてそばにいてくれるふたりです。新卒で入ったふたりとは、いろいろ楽しく過ごしました。

３人で過ごしてる時は、あっという間に時間が過ぎていきました。でも、ふたりは私のケアもできなくちゃいけないので、大変だったと思います。たくさん泣いてるのも見ました。
　ふたりとの思い出がいっぱいです。

● 「とも」で働くこと

　私は、進学より就職がしたかった。就職して、お金を稼げれば「自立した」と思ってたから。早く自立がしたかった。
　でも、私ができる仕事がわからなかった。できる仕事ってあるのかな？って思ってた。
　だから、私は「とも」以外の選択肢が思いつかなかった。だから「とも」を選んだ。他に選ぶ場所がなかったから。今は、他の選択肢を調べてみても良かったなって思います。

　「とも」は、私にたくさんの仕事をくれました。接客が好きだと気付いたのも「とも」に勤めてからです。「とも」が働く場をつくってくれて、本当に良かったです。
　仕事でやったこと、できなかったことも含めて、私はこの仕事が大好きです。これからも続けて、みんなに元気をあげられるような仕事をしていきます。体調を崩して休むこともあるけど、がんばります。

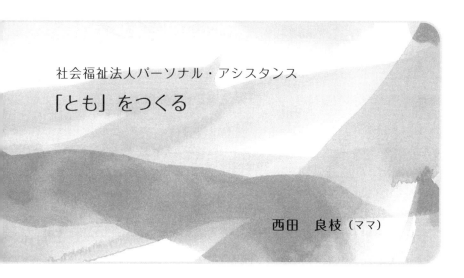

社会福祉法人パーソナル・アシスタンス
「とも」をつくる

西田　良枝（ママ）

● 同じ思いの仲間たちではじまった

　「とも」ができたきっかけは、江里がまだ2歳前くらいのこ
ろです。

　療育施設をかけ持ちしていたうちのひとつ、浦安市の簡易マ
ザーズホームに通ったことからはじまっています。マザーズ
ホームに通って、まず、様々な障がいがあることを肌で知りま
した。障がいの種別は違っても、それぞれに大変（生きにくさ）
なことがあって、それは競い合うことではなく、うらやむこと
でもなく、「障がいの種別を越えて、手を取り合っていくほうが
いいのでは？」と思うようになりました。

　そして、「ふつうの子どもたちと同じように育てていきたい」
と思っている仲間ができました。この仲間3人（の家族）と、
「浦安共に歩む会」（元「浦安の福祉と教育を改善する会」）をつ
くりました。

「浦安共に歩む会」は、障がい児を持つ家族、そして障がい当事者や家族ではないけれど、会の主旨に賛同してくださった保育士さん、大学の先生、一般の市民の方などが構成メンバーでした。パパたちの参加も多くいました。

　年に１回、浦安市と福祉と教育についての要望会・回答会を開催して、「ひとりのことをみんなでやること、みんなはひとりのためにも行動すること」、「行政へのお願い事は、トップダウンをせずに、まずは、窓口から丁寧に説明していくこと」、「子どもたちに楽しい本物体験をさせる機会を持つこと（親たちの楽しみの場でもありましたが……)」を実践していました。

　この会の活動を通して、行政の方たち（教育委員会含む）とも顔見知りになったり、仲良くなって、応援してくれたり、最後は要望会の中で出ていたことが、政策に反映されることも数々ありました。
　直接、当事者やその家族が困っている内容を直に聞く機会を持った行政職員が、窓口からトップまでたくさんの数になり、その結果、その当時、浦安市の福祉は先進的で単独の事業も多かったのです。

　そして、ともに生きることを歩み出した道が、「NPO法人パーソナル・アシスタンスとも」になり、現在の「社会福祉法人パーソナル・アシスタンスとも」になっていきました。

市民活動「浦安共に歩む会」で、福祉と教育の先進地を視察するための資金集めのバザー。

● 使えるサービスがないからつくる

　けれども、何年要望を続けても叶わなかったことがありました。障がい児者の保護者が病気などになった時、すぐにでも預かってくれて、そこで宿泊をしながら学校などに通い、生活を変えずに浦安市内で過ごせる場所。

　親もリフレッシュするためや、きょうだいの行事の付き添いなどに使えるサービスで、24時間365日どんな障がいでも受け入れてくれる場所。また、自宅に来てくれたり希望の場所でケアしてもらえるサービス。

　当時、親が病気になったら、子どもを預けられる遠くの病院か入所施設に親が送って行っていました。市内には何もありませんでした。

何人かは、隣の東京都の福祉を求めて転居していきました。特に肢体不自由の子どもたちは、あまり浦安市内に残れない状況でした。

　子どもとの生活は楽しくても、全く援軍のない中での障がい児の子育ては大変でした。何人かのママは、メンタルの不調を起こしました。

　私たちは、幼稚園、小学校と地域の学校に子どもたちを通わせています。この地域が子どもの生まれた場所で、友だちもできた。そう簡単に転居はできませんでした。

　当時の私たちは、「障がい児を生んだのは自分だから、自分だけで育てていかないと」とは、思わなかった。幼稚園や小学校生活で、介助の先生を含む先生方が、私たち親に代わって介助してくれていたから、自分以外にも子どもに愛情を注いでくれて、ケアをしてくれる人はいるんだと知っていました。

　福祉でも支援をしてほしい、私たちがほしい形のサービスを展開しているところは数は少ないけれども、ゼロではない。

　江里が２歳のころ学校を見に行ったように、福祉のサービスを行っているところに視察に行きました。モデルを見つけては、浦安市に要望するのですが、何年経ってもだめでした。

　「とも」をはじめる前、父が癌で亡くなりました。介護保険がはじまる直前だったこともあり、私は父の看取りを在宅でし、障がいも高齢もなく、支援があれば自分らしく生きられる（亡

くなれる）んだと知りました。

　介護保険事業を立ち上げようか悩み、ちょうど困り果ててい
た時に、大恩人の大阪府大東市の地域ケアシステムをつくった
故・山本和義さんから電話がかかってきました。「浦安市の助役
で山本尚子さんという厚労省の方が行くよ。話を聞いてもらい
なさい。西田さんのことは話しておいたから」と。

　尚子さんとはじめて会ったのは、浦安市長との意見交換会の
会場です。その後、直接お話しする機会をいただきました。

　尚子さんは、「それなら、NPOにしたら？そのほうが西田さ
んがやりたいことには合ってる。それと、介護保険じゃなくて、
障がい福祉をやったらいい」と……そうか……。

　すぐにNPOを調べ、「これだ！」と思いました。

やるなら自分たちが望んでいる理念を実現できることをしよう。障がいの種別関係なし、障がいのあるなし関係なし、難病ももちろん含める、年齢も関係なし。自宅でも、公園でも、旅行先でも、どこでも必要な場所で必要な支援をする。24時間365日のサービスを提供する。

こう決めて、もともと夫が事務所として使っていた団地の一室を横取りして、タイムケア（現在は「パーソナルケアサービス」）事業と療育事業、相談事業を開始しました。

2001年、介護保険がはじまった年、障がい福祉（支援費制度）がはじまる1年前のことでした。

こうして、現在の「社会福祉法人パーソナル・アシスタンスとも」は、はじまりました。

● すべての人のニーズに応える制度モデルをつくる

「とも」は、立ち上げて20年になります。私たちは、自分たちが必要なことを求める側で、提供する側になるという発想はもともとはありませんでした。

本当は、実践することで、行政に自分たちが望んでいるものの在り方を示し、理解してもらおうという気持ちがありました。行政もイメージがつき、制度ができればやってくれるに違いないと思いつつ。

それには、手あげ方式でやりたいことをやりたい人がやるNPO法人という形がフィットしました。

「社会福祉法人パーソナル・アシスタンス
とも」本部。

「浦安共に歩む会」時代から毎年続く、地
域のいろいろな方が参加する200名規模の
「とも」主催のお花見。

　「法人経営をしてきた」と言われると、全くピンとこず、違和
感もありました。運動や活動の延長として、長年「とも」を運
営してきた、というのが私の実感です。

　私は、ただただ目の前の支援が必要な人たちのニーズに対応
すること、ともに生きる社会につながる在り方であるかを考え
て実践をつくることをやってきただけでした。

　サービスをすべての人を対象にしたのは、仲間の子どもたち
の障がいが様々だったからです。重い障がいの子どもから、発
達がゆっくりで支援が必要という子どもたちまで、すべての人
が受けられる支援が必要だと思ったからでした。

　同じように、両親の看取りの経験からも、「浦安共に歩む会」
をいっしょに支えてくださったご高齢の市民の仲間の存在も、
支援の対象から外すことはできないと考えました。

理念を実践に移していき、一人ひとりのニーズに合わせていたら、結果、いろいろな種類の小さな事業所を展開することになりました。

● 地域の中で、24時間365日の支援

　2002年に、障がい種別や年齢で分けない支援をするために、障がい福祉サービスも介護保険サービスも行う「パーソナル・アシスタンスとも居宅介護事業所」（現・パーソナルケアセンター）を千葉県より指定を受け開設しました。

　2003年には、浦安市障がい者生活支援事業を浦安市より受託し、「障がい児・者サポートセンターとも」を開設しました。

　困っている人を支援したり、社会資源をつくったり、権利擁護をするためには、相談機能が大切なことを「浦安共に歩む会」の活動から実感していましたので、24時間365日の相談事業を開始しました。

　2008年には、夜間の定期的な介護や緊急対応のニーズに応えるために、全国に先駆け、浦安市の単独事業として「浦安市夜間安心訪問ヘルプサービス事業」を受託運営しました。

　「とも」が大切にしてきたのは、24時間365日の支援と、誰にでも提供できるサービス、マンツーマンの支援です。

　24時間365日の支援は、当時、入所施設にしかない支援でした。入所施設ではなく、育った地域の中で子どもたちに生き

立ち上げ当初、団地の一室からはじめたタイムケア事業。

現在のパーソナルケアセンターでの外出風景。公共交通機関を使ってヘルパーといろいろなところに出かけて行きます。

ていってほしい私たちは、地域の中に24時間365日絶え間ない様々な支援が必須と考えていました。

　「パーソナルケアサービス」の実践は、障がい福祉がまだ何もなかったころに、浦安市の単独事業ではじめていただいた一時ケアセンターにつながり、外出や自宅など派遣の部分は、ヘルパー事業に移行しました。

　一時ケアセンター開設にあたり、行政は8時から20時までを開所、GWとお正月は休館と提案してくださいましたが、いつでもどこでも緊急対応も含めてのセーフティネットとしての機能がほしい利用者目線の私たちは、同じ予算で24時間365日の支援の実践を提案し、受け入れていただきました。

　当時は本当にめずらしい事業で、たくさんの方が視察に見えたほどです。

子どもの療育は、長年制度外で行ってきましたが、制度外療育も残しつつ、2012年に千葉県の指定を受け、「障害児通所支援事業所ふあり」と、2017年に、「障害児通所支援事業所マリーナ」を開設しました。

　2013年には、医療的なケアを必要とする成人の支援がなかったことから、「浦安市身体障がい者福祉センター」に、成人した人の日中活動の場をつくる事業提案を行い、受託法人となりました。

　成人の余暇支援は、2017年に、日中一時支援事業として、「マリーナテラス」を開設しました。

　老人センター内と住宅地の中に地域との交流を図れるキッチンカフェ（ゆう、ほっぷ）を開設し、街中での就労支援の場にもしています。

　また、どの法人にも障害者雇用が義務付けられています。「とも」でも、障がい者を直接雇用しいっしょに働いています。

　しかし、重度の人が働くためには、常時介護があれば仕事ができるのに、現在の制度ではヘルパーは使えません。「とも」では、支援する職員を配置して雇用を支援しています。

● 市民の中でかかわれば、広がっていく

　とにかく、市民の方たちの中で活動することを大切にしています。見たこともない、知らない、共通体験をしたこともない人たちを理解したり、仲良くなったりは難しい。でもそれは、

宿泊職員研修、富士山の麓での昼食。

支援事例や自分たちの事業を振り返り、さらに前進。毎年行っている「入社式・事業報告会」。

かかわりがあれば、広がっていくものです。子どもたちを地域の学校で育ててきて、学んだことです。

　私たちは、「浦安共に歩む会」のころから、「公的制度の幹を太くする」という考えを持っていました。

　すぐにつぶれてなくなってしまうような事業に、誰も自分の大事な人生を託すことはできないと思いましたし、人が生きていくための支援は、権利として公的なものであるべきだという考えがありました。

　制度ができればどんどん制度に移行していく、ない制度はできるように働きかける。その結果、20年経った今は、ほとんどが制度の事業に移行し、民間事業として細々とはじめた当初とは違った景色が広がっています。

● なくなっていった事業も

「とも」を行ってきた中で残念だったのは、「地域活動支援センター事業」を廃止しなければならなかったことです。

この事業は、1年間の厚労省のモデル研究事業を経て立ち上げたもので、開所までに浦安市のご理解とご協力をいただくことなどを含め苦労しました。

新浦安駅前の店舗で、スウェーデン語で"希望"の意味を持つ「ほっぷ」。昼はリサイクルショップ、夜は居酒屋を行い、定期的にいろいろな勉強会やイベントをして広報啓発も担ってきました。

スウェーデン大使も飛び入りで来てくださったりと、楽しい交流がありました。

障がいのある人が働くお店で、人通りの多い駅前にあることは本当にまれでした。また、リアルな店舗だからこそ、一般の人たちとの思いもかけぬ出会いと、互いのエンパワーメントが生まれていました。立地の良さ（人目に触れること）は、重要だったのです。

当時は、議員さんに議会で「障がい者に飲み屋をやらせるのはいかがなものか！」と物議をかもしたり、お客さんが重い障がいのある店員にびっくりされたりしましたが、12年の間に多くの方々へ障がいの理解が進み、障がいがある人もない人も交流ができる、本当に貴重な場所でした。

「浦安共に歩む会」時代から続く「クリスマス＆餅つき大会」、毎年本物体験をテーマに開催。

駅前センター「ほっぷ」の夜の部、居酒屋。障がいがある人が働き、地域の人たちで繁盛していました。

● 「とも」は、なんのためにあるのか？

今まででも、今でも、私はふたつのことをよく言われます。

ひとつは、「娘のために『とも』をやってるんでしょ」と……利用を希望されるニーズに100％応えられない時などに言われることがあります。「自分の子どもは支援しているのに、うちの子の支援は受け付けてくれないじゃない」という方……。

誰にとっても、支援は等しく必要です。すべてのニーズに応えられないことは、いつも心苦しいことです。

利用者さんの支援に穴をあけたりすると、（数年に一度くらいしかないにしても）本当に悲しみが大きく、その感情は二次的に怒りへと変わっていったりもします。

だから常に、「とも」のスタッフを、支援をしてくれる仲間を、"増やしたい"。

　もうひとつは、「自分の子どもを人に任せて、仕事をしているひどい母」というパターン。「よくそんな重い障がいの子どもを放っておくことができますね」という方……。

　今は、福祉サービスが整っているので、仕事をされているママたちは多いですが、その当時はまだ、障がい児を産んだのに仕事をするママには違和感があったのだと思います。「障がい児の面倒は親がみるもの（多くは母親）」という価値観です。

　障がいがあってもなくても、親が子を思う気持ちは同じです。私は、江里が幼稚園のころから、親として子にふつうの子と同じようにかかわり、社会に子の人生を託していくんだ（江里の場合、障がいを支援する部分について）という思いがあります。

　今は、障がい福祉の法律があり、制度があり、それに基づく事業やサービスがあります。その中で、支援を受けていき、江里は自分の人生を生きていく、私も自分の人生を生きていく。

　それは、子どものころからふつうの人たちといっしょに（分離されないで）江里と生きてきた私の望む在り方です。

　そして、それが当たり前のこととなってほしいという、チャレンジでもあるのかなと思います。

　私は、江里の支援をしてくれる「とも」か、「とも」のようなサービスがなければ、「とも」をやり続けること、働き続けるこ

とはできません。

　障がいのある人をはじめとした支援を必要とする人たちへの支援は、人としてふつうに生きるための権利としての支援であり、「とも」はその権利としての支援を提供し続けたい。

　それは、江里を含めたすべての人たちに通じることであってほしいからです。

みえてるよ

西田　江里

あいって　みえないって　おもってた
でも　みんなのことみてると　みえてくる

だって　ほんとうに　みんなあいにあふれてる
だって　あたしは　みんなのあいをもらってるよ

だって　みんながんばってるよ

いろいろ　おしえるのは　あいがあるからでしょ

だから　だいじょうぶだよ
みんなのあい　つたわってくるよ

もっと　がんばろう
あたしも　いるから
いっしょにね

3章
私の
暮らしと
ヘルパー

ひとり暮らし

西田　江里

● ひとり暮らしをはじめるのは不安だった

　私は今、ひとり暮らしをしています。私が、「ひとり暮らしを
している」と言うとびっくりされます。私には障がいがあるか
ら、驚かれるのでしょう。

　ママから「ひとり暮らしをしてみてはどうか」って言われま
した。私は、ママと離れて暮らすことが想像つかなかったし、
不安でした。
　すごく不安で、なんでママと離れて暮らさないといけないの
かわからなかった。ママは、「大人になったら親元を離れるのは
ふつうのことだ」と言っていました。
　今まで、ママがそばにいてくれたから、私に何かあったら助
けてくれていましたが、ひとり暮らしになったら来てくれない
かもしれません。

私は、ひとりでは何もできない。ヘルパーにケアをしてもらっているけど、ママがいなくて誰が私のことを見て、いろいろなことに気付いてくれるのか不安でした。

　ヘルパーと長くいっしょに過ごすことになるので、大丈夫かな、ヘルパーと仲良くできるのかな、私のことを任せて大丈夫なのかなっていう気持ちもありました。

　でも、ママと話しをしていくと、私はひとり暮らしをしていてもおかしくない歳だし、自立に向けて行動したほうがいいのではないかって思うことができました。そこから、ひとり暮らしに向けて動いていきました。

　私がひとり暮らしをするためには、様々な準備が必要でした。ママもヘルパーも相談員さんも、私がひとり暮らしをするために、一生懸命環境を整えてくれました。私の不安に寄り添ってくれました。

　まず、私の支援に入ってくれている人を呼んで、会議をしました。ひとり暮らしをするために、必要なもの、ヘルパーにやってほしいことをあげていきました。その話しをしているころも、不安のほうが大きかったと思います。

　会議をしているうちに、少しずつ楽しくなってきました。ひとり暮らしを楽しみにすることのほうが増えていきました。いろいろ決まっていくと、不安からドキドキになりました。

● ひとり暮らしをしてみたら

　実際にひとり暮らしをすると、なんでも私が決めることが楽しくなりました。

　明日着る服は自分で好きな時に決められて、休みの日の過ごし方も自由で、ワクワクしました。ママも同じマンションにいるので、すぐ来てくれて安心です。

　私の好きなことができて、ママともいい距離感で話すことができて、お互いにお互いの人生が歩めていると思います。

　不安が消えたは嘘になりますが、毎日充実して過ごしているのもたしかです。

　発作が起きたり、熱が出たり、大変なこともあるけど、私にはヘルパーがいます。

　たくさんいるわけではないけど、幸せな日々を送っています。幸せに思えるって大事なことだと思う。だから私は、ここで生きたいです。今も昔も、みんなに感謝です。

● 私の自立

　ひとり暮らしをしていて、私はとっても成長したと思います。ひとり暮らしをするまでは、ママがいる安心感があって、ママがやってくれるっていつも思っていました。

　それに、ママがいるからやりたいって思っても、「ママはなん

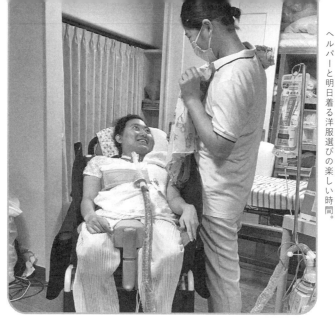

ヘルパーと明日着る洋服選びの楽しい時間。

て言うかな？」って思ったりしたこともあって、今はママのことを気にしないで考えるようになっています。

　私がこうやって生活を続けられるのは、私が自立して生きてるから。ママが自分のことを犠牲にしないで、自分のことを自分でやろうと、教えてくれて良かった。

　自立ってなんか違うかもしれないけど、私にとってはひとり暮らしをしてるってことで、ママが私の介護でいっぱいにならずにすんでいることが、大事だと思ってる。私も自立していけたことが、私の自信です。

　「ママがいなくてもいろんなことをできるよ」って言いたいけど、やっぱりママがいてくれたほうがいいこともあります。

私は、ママともっと話したいと思うようになりました。でもそれは、ママと離れて暮らすようになったから、もっと話す時間がほしいと思うようになったのかもしれません。

　● これからも

　きっとこれからも、いろいろなことが起きるかもしれないけど、楽しくやっていきます。
　ひとり暮らしは大変なこともあるけど、楽しいこともあって、みんなといっしょに生活してる感じがして、うれしいです。
　ヘルパーがたくさん話しをしてくれて、楽しませてくれるので、私のひとり暮らしはとっても充実しています。楽しいのは、私にとって元気のもとです。楽しいことがたくさんあるといいです。ママにも感謝しています。
　今は、あの時ひとり暮らしをはじめて良かったと思います。

　ある時、家に見学者が来ました。その子の目標を聞いていた時、ひとり暮らしをはじめたころのことを思い出しました。
　この生活を知らなかったら、たくさんの人に私のことを知ってほしいと思わなかった。ひとり暮らしは、誰だって不安でしょ。私の経験を話すことで、少しでも不安が和らげばいいなと思います。たくさんの人に、私のことをもっと知ってほしいなと思っています。

親と子の人生のために
支援を受ける

西田　良枝（ママ）

● 「親ある今」を考えた結果

　江里がひとり暮らしをはじめて、もう5年ほどになります。こう書くと、子どもが巣立っていったような感じかもしれませんが、江里の場合はそういうことではなく、私の親としてのいろいろな思いや事情や葛藤の末、ひとり暮らしがはじまったのが5年前、という感じです。

　今の江里は、指談を通して自分の意思をある程度伝えることができますが、当時は指談はしていませんでした。だから、私自身が江里の様子を見ながら意思をくみ取りながら、私自身の考えで進めた結果が、ひとり暮らしという結果になったのです。
　人として当たり前の人生を送らせたい、という願いの形でもありました。

私は、江里が子どものころから、「障がいがあっても成人したら社会に任せる」とイメージしていました。私が一生、介助や介護をして生活するのではなく、私から離れ自立すること。またそれは、「江里にふつうの人と同じ人生を送ってほしい」と思った延長線上のことでもあります。

　そして、介助や介護をし続けていく障がい者の家族、つまり、私自身の人生ともつながっていると思います。

　一般的には、私が死んだあとの「親亡きあと問題」と思われるかもしれません。実際その問題は大きくあるのですが、それ以前の、「親ある今」の娘と自分の人生もまた、どうありたいかを考えた連続の中での選択肢でもありました。

　娘は、どんな人生を生きたいか。

　私自身も、どう生きたいか。

● 誰かの力を借りることで、豊かになれる

　全介助の江里の場合、私は二人羽織のように、江里に食事を食べさせ、そのあと自分が食べる、江里をお風呂に入れ、そのあと自分がお風呂に入る、江里の着替えをして、自分が着替える……というように、ほぼふたり分をひとりで行う生活です。

　もちろん、それらの他に、休んだり、働いたり、余暇を楽しんだり、何かを学んだりの社会活動があります。さらに、体のメンテナンスの時間や医療的なケアの時間、通院なども加わってきます。

私ひとりの24時間365日を、江里とふたりで分けるのは、実は本当に大変なことなのです。

　私が自分の時間を過ごしたいと思ったら、江里を放置しておくしかありません。

　江里は動かないし、騒ぎません。でも、私は娘が放置されていることは耐えられません。自分から発信できる力が弱く、かつ、知らんふりしたらそのままになってしまう人だからこそ、できないのが正直なところです。

　娘には、楽しく豊かな一日を過ごしてほしい。でも、そのためには介助や介護が必要。それを自分だけが行えば、私の時間はほぼなくなってしまう。それはそれで、自分の人生って……と違和感がある。

　娘にも私にもいろいろな制限があったとしても、自分の人生がお互いに犠牲になった、させたなどと思わないで生きることができる道はないのかと、常に考えてきました。

　その方法は、ひとつしかありません。"誰かの力を借りる"ことです。そのためには、支援を受けてそれぞれが"良いんだ"と思えること、そして、実際に支援が受けられることが当たり前の社会をつくることです。

　大きな柱があれば、どんな重い障がいがあっても、望めば地域での自立生活ができます。そしてそのためには、支援者が欠かせません。

江里にも私にも支援者が必要で、支援の仕組みが必要で、だから「とも」を立ち上げて、江里を支援してくれている人たちができて、江里の幸せそうな人生がそこにあって……結果、支援を求めていた私も私自身の人生を生きている実感が持てているのです。

● 部分的支援から２４時間支援へ

　「とも」をはじめたころは、私が仕事に行くのと江里の登校が重なり、バタバタしている部分の支援と放課後の支援を受けていました。旅行に同行してもらったり、日常的な外出に付き添ってもらったりもしていました。

　「とも」の設立当初は全国に講演に行く機会もあり、江里は家でお留守番なので、自宅に泊まりの支援をしてもらいました。

　私は、自分のために江里が日常と違う生活をし、さらに知らない場所に預けるということはできませんでした。

　江里もいっしょに講演に呼ばれる時は、ヘルパーたちといっしょに飛行機に乗り、宿泊先などでの支援もお願いしました。

　江里は、17歳で胃ろうの手術、22歳で気管切開の手術と腸ろうの導入（現在は腸ろうは不要になっています）をし、医療的ケアが必要です。自宅は医療物品などであふれてきました。

　また、ミキサー食の調理器具や、胃ろう用のセットなどの機

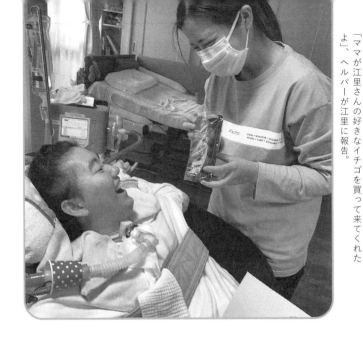

「ママが江里さんの好きなイチゴを買って来てくれたよ」、ヘルパーが江里に報告。

器と材料で、キッチンは調理のスペースがほぼなくなりました。

夜間は、モニターのアラームがピーピー鳴ったら夜中でも起きて呼吸の確保ができる体位を取らなければなりません。2、3時間おきに定時の体位交換もします。まとまった時間眠れない、毎日寝不足のまま仕事をこなす毎日はつらかったです。

長期戦に入ることがわかった時期に、24時間、ヘルパーを自宅に入れての支援を受けることにしました。

● 24時間支援は、家で上司と部下の関係に

24時間ヘルパーが入ることは、私が「とも」を続けていくためには必須でしたが、家には常にヘルパーがいて、狭いわが家ではプライバシーはほぼありません。

加えてやりにくかったのは、ヘルパーは、みんな上司と部下の関係です。気持ちの休まる場所がないという思いがずっとありました。

　一番つらくやりにくかったのは、職員であるヘルパーだったと思いますが……仕事場では、化粧もしていろいろ偉そうなことを言っているのに、家ではすっぴんで、パジャマ姿で、髪もボサボサなんて姿はできれば見せたくない、ましてやソファでうたた寝なんてできません。もちろん、感謝の気持ちのほうが100倍勝っていましたが……。

　さらに、私が家にいるとどうしても指摘と“指導“が多くなります。私から支援を渡していく初期であればあるほど、細かいことまで厳しくガミガミ言われ、スタッフはしんどかったと思います。心では、本当に感謝しきれないほど感謝しているのに、それを飛び越えて「こんな支援をしてほしい！」が次々と出てしまうのです。私も焦っていましたが、指導されるスタッフは本当にしんどかったと思います。「このままではダメだな」と思いました。

　誰かにバトンを渡そうとして必死になっている私を江里もわかっていて、ハラハラしていたことでしょう。

● そして、江里はひとり暮らしへ

　ヘルパーたちは、ふつう、支援に行ったら指導は受けません。

いつもは、「ありがとう」と言ってもらえるのに、江里の支援では厳しい指導を受ける環境。誰にとっても良いことはないと思いました。

実際は、江里とヘルパーといっしょにいる家では、楽しいこともたくさんありました。娘が増えたような感じでしょうか。

何より、私ではない人たちが支援をしてくれていて、江里の生活が支えられている。そして、娘を大切にしてくれる。そんな場面を見ていることができるのは、幸せなことです。

そうは言っても、家で料理がつくれない、リビングでくつろぐこともできない、スタッフが必ず家にいる状態は、だんだんとストレスになっていきました。そして、私が家を出ること、江里がひとり暮らしをすることを考えはじめました。

もうひとつ、江里のひとり暮らしにあたって考えたのは、江里の暮らしは、やっぱり「私がいて成り立っている」ことです。

今後どうなっていくんだろう……24時間のヘルパーがいることで、江里が暮らしていけるのだろうか……実際に江里が自立していく中でどんな課題があるのかを見ていきたい、何より、誰がどんなふうにこの生活を継続するための「覚悟」をしていくのかを……。

もちろん、心配はありました。林間学校の時のように、いつでも何かあった時には動ける場所にいたい。私は、江里の家のすぐそばに引っ越すことに決めました。こうして、江里のひとり暮らしがはじまりました。

ヘルパーと私

西田　江里

● 「いつもありがとう」

　理解してくれる人にいっしょに生きてもらうことは、私の人
生で大切なことです。

　私のひとり暮らしは、ヘルパーといっしょだからできている
こと、私ひとりではできないし、私のことを知ってくれる人が
いるからできます。

　私は、今までいろいろな人に助けてもらいました。ママがみ
んなを連れて来てくれて、「とも」をつくって、ヘルパーを育て
てくれて、たくさん辞めてしまったけど、みんな大好きでした。

　みんな、私のことをいつも考えてくれます。なかなか難しい
支援なのに、よくしてくれます。本当は大変なことばかりなの
に、ちゃんと私はしたいことができています。

難しいというのは、医療的ケアがあることと、しゃべれないことと、付随意運動があることと、全部介助が必要なことです。

　私にとってヘルパーは、大切な存在です。私のことを知ろうとしてくれる新人さんがいたり、私がわからないことをわかりやすく説明してくれる人がいます。ずっと同じ立場で考えてくれる人もいます。

　ハンディがあってもなくても、みんなひとりの人間として支えてくれます。

　「いつもありがとう！」。たくさん心配してくれて、私はうれしいです。たくさんの元気をくれるので、とてもうれしいです。

　まだたくさん書きたいことがあります。でもまだ伝えきれていないので、直接言います。「みんなありがとう」。

　● 私のケアって大変？

　私は、ヘルパーのことをずっと見ていて、考えることがあります。ずっとそばにいてくれるヘルパー、「なんでこんなにいろいろやってくれるの？」。

　私が熱を出すと、みんな心配そうにしてくれてずっとそばにいてくれて優しくしてくれて、とってもうれしいです。

　私は、「みんなに大変な思いをさせていないかなぁ」っていつも心配になります。

わがまま言って、ヘルパーを困らせることもあります。そんな時も、みんな私のことを考えてくれます。

　「私のケアって大変？」って聞くと、「私のケアがじゃなくて、ヘルパーの仕事が大変ってことはあるよ」って言ってくれた。

　毎日いっしょにいると、いろいろヘルパーのことが見れます。すごい楽しそうな時もあれば、悲しそうな時もあります。そういう時は、「どうしたの？」って聞くようにしています。

　私は心配性だから、みんなが悲しい顔をしているとすごい心配になります。みんなは、「大丈夫だよ」って言います。「ほんとかな？」って思います。

　今まで、たくさんのヘルパーと過ごしてきました。みんなとってもいい人でした。

　みんな、私のためにがんばっています。時どき悲しい顔をする人もいます。それは、たくさん考えてくれているからです。悲しませているのは、私のせいだと思います。

　でも私は、ヘルパーがいないと生活できません。つらい思いをさせてごめんね。

　私は、ヘルパーに幸せになってほしいです。だからつらい時は、「つらいよ」って言ってほしいなって思います。

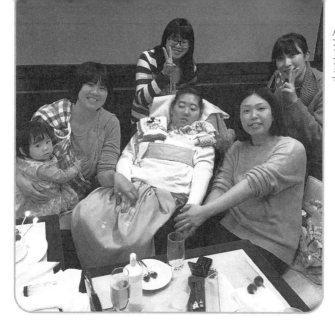

みんなで食べると食事は楽しい、スタッフも大好きなホテルブッフェで。

● いろいろなヘルパーたち

　私のヘルパーの中には、子育てしている人たちがいます。子育て中なので、夜には入りません。だけど、朝入ってくれたり、お昼とか 19 時まで入ってくれる人もいます。すごくうれしいです。

　私は、24 時間 365 日ケアが必要です。早朝や深夜に来てくれるスタッフは大変だと思います。でも、みんないつも来てくれて、私が地域で暮らしたい望みを叶えてくれています。

　昔、苦手なヘルパーがいました。その人は、私にはことばがないように接していました。私にも気持ちも感情もあります。私はしゃべれないだけなのです。

たくさんヘルパーとかかわることで、私が苦手な人がわかったのだと思います。

　全員に同じことを求めていないけど、私のことを見てほしいと思っていました。私のことを見てほしい、ただそれだけなのにな。

　今いる人はみんな見てくれます。これからも私のことを見てほしいです。

● 伝えることは大事なこと

　私は、ヘルパーみんなに伝えたり、みんなのことを知ったりできることがすごくうれしいです。私にとってヘルパーは大切な人たちだから、いっぱい伝えたいです。そして、私のことを知ってほしいです。

　ことばを言うことは大事だけど、知りたいとか、伝えたいとか思うことが、すごく大事だと私は思います。

　ことばとして話せなくても、伝わることはできると思います。みんなが、私に「伝わっているよ」って顔をするから、そう思います。

　ことばが出なくても、みんな私の気持ちを私に伝えてくれたり、つらいことをわかってくれたり、一生懸命にしてくれます。私は、そんなみんなが大好きです。

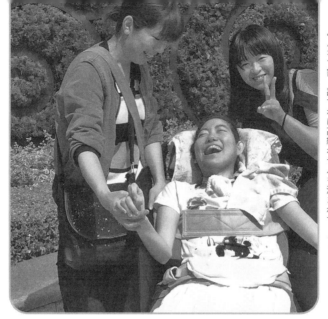

スタッフ8人といっしょに行ったTDLホテルの前で。みんなで割り勘すれば高級ホテルも泊まれちゃう？

　私は、みんなとカラオケに行くのが好きです。みんなとディズニーランドに行くのが楽しみです。みんなとずっとおしゃべりしてたいって思います。みんなとハワイに行くことが今の私の夢です。

　こんなに楽しくて、私のことを見てくれる人たちはあまりいないと思っています。ヘルパーは、私の介護をしてくれる人だけど、お友だちみたいな感じになる時もあります。

● いつまでもいてほしいけど

　難しいことは、みんな続かないことです。結婚や子どもができて辞めることが多いです。だからいつも、「辞めないで」って言ってしまいます。

でも、ヘルパーにも人生があります。みんな、それぞれ家庭があってライフステージがあって、ずっと今のようにケアに来てくれるのは難しいと思います。ヘルパーにも、幸せになってほしいです。

　いつまでもみんなとずっといたいけど、それはできないのでしょう。だから、たくさんの人を迎えたいと思っています。
　今いるヘルパーたちは、今までたくさんのスタッフを育ててきました。私もそこに協力してきたと思っています。

　私にとってヘルパーは、なくてはならない存在です。私が生きている間は、ずっとヘルパーといっしょだし、私の生活は、ヘルパーなしには成り立たないから、どんなに大変でもヘルパーを育てていっしょに生きていきたいです。
　これからも、私の夢のためにがんばります。でも、みんなには長くいてほしいな。

　私は、絶対にこれからも家で生活します。私は私らしく生きることをあきらめません。みんな、力を貸して。

ヘルパーになって1

岡村　あかね（ヘルパー）

● 相互の関係

　私がヘルパーになって学んだことは、他人の人生に寄り添う
ことは、そう簡単なことではないということです。

　私は、江里さんのヘルパーになって13年目です。江里さん
とは年齢は違いますが、同じ年に「とも」に入社した職場の同
期です。

　介護の専門学校を卒業し、介護福祉士となり、利用者さんか
ら、「あなたに介護してほしいと、選ばれる介護士になるぞ」と
意気込んで就職し、現場に入りました。

　しかし、たくさんの失敗をしました。介護技術があれば簡単
に介護士になれると考えていましたが、実際にはとても奥が深
く、1年や2年で理解して学び、できる仕事ではありませんで
した。

私が経験した失敗は、たくさんの方に迷惑をかけてしまった
かもしれませんが、教えてもらえたことにとても感謝していま
す。

　特に江里さんには、大変お世話になりました。私の失敗を怒
らずに受け止めてくれて、私を成長させてくれました。

　ヘルパーになって 3 年目ぐらいの時から、今までの私の経験
や今ある知識は、江里さんのおかげで学ぶことができたのだな
と、なんとなく感じるようになりました。

　日々の大変さから、少し客観的に考えられるようになったの
かもしれません。

　2 年の間に、自分のこと、介護のこと、障がいのある方の生
活のことなど、多くのことを考えさせられました。

　江里さんとの出会いがなければ、考える機会はなかったと思
います。

　それからは、私は介護をして江里さんを支えているけれど、
私も江里さんに教えられていて、支えられているという相互の
関係が成り立っていることを明確に感じ、そのことを後輩にも
伝えています。

● 子育てをしながら

　私は今、子育てをしています。そのため、入社直後のように
24 時間体制のシフトで江里さんの介護をすることができません。

　出産後は、育児休暇を取らせていただき、9カ月間お休みしていました。子どもが3歳になるまでは、8時ごろから16時ごろまでの日勤の仕事。その後も、保育園のお迎え時間までという勤務時間で働かせてもらっています。

　このような働き方ができたのは、江里さんを支える多職種のチームがあり、24時間体制で勤務してくれるヘルパーチームができていたからだと感謝しています。

　実は、私の妊娠中に、同僚との対立や不安がありました。人が少ないのに休暇に入らなければいけないことで、罪の意識を感じたり、同僚も結婚を控えていて、同僚の退職と私の休暇の時期が重なってしまったりと、混乱した時期がありました。

それでも継続してこられたのは、「とも」の理念にある「ともに暮らせる社会の実現」が、私の根幹にあったからです。

● 江里さんらしさを守り、私らしく生きる

　世の中にはたくさんの職業がありますが、私は自身の成長につながり、誇りに思える仕事に出会えて良かったと感じています。

　嫌なことがあって、辞めたいな、離れたいなと思うこともありましたが、どんな時でも違う仕事は探せませんでした。

　江里さんのように、自分らしく生活したい人のそばで希望に寄り添うこの仕事が、どうしてもしたいのです。

　江里さんと同じ地域で生きる人として、私も私らしく生きる。私は、江里さんの江里さんらしさも守りたい。

　様々な葛藤がありましたが、自分が犠牲になっているような考え方をしないように意識していました。

　江里さんは、「幸せ」とよく言っています。指談で話し出す前も、江里さんは天真爛漫な幸せそうな表情をよく見せていました。

　私も家族ができて、江里さんのそばで仕事ができて、とても幸せな毎日を送っています。

ヘルパーになって2

花田　恵（ヘルパー）

● いっしょに成長している感じ

　江里さんと最初に会った時、利用者さんっていうのもあったけど、「同期なんだー」って思っていました。

　「何を話したらいいかなー？」とか、「江里さん、なんて言ってるんだろー？」とかはありましたが、江里さんを見てびっくりしたっていうのはあまりありませんでした。「江里ちゃんだー」って思っていました。

　最初は、江里さんの気持ちや考えていることがわからないこともたくさんありました。

　13年間、江里さんの表情や動き、うれしそうとか、楽しいとか、つらいとか、がんばってるのとかを見てきて、教えてもらったりして、わかるようになってきました。楽しいこと、つらいこともいっしょに乗り越えてきたからかなー。

今は、20代をいっしょに過ごして、いろいろ経験して、お互い30代になって、いっしょに成長してるって感じです。

江里さんの生活は、ふつうにひとりの女性の生活です。「江里さんって、すごいなー」って思います。絵の才能とか、伝えたいことがスラスラ出てくることとか、私は苦手です。

● ヘルパーの仕事

私は、もともと保育士になりたかったので、ヘルパーを目指してはいませんでした。

専門学校に「とも」のパンフレットがあって、同県だったので見学に行きました。面接で、「資格を取ってきて」と言われて資格を取り、今ではこの仕事をやっていて良かったと思います。好きな仕事になりました。

ヘルパーの仕事は、現場の最前線にいて、利用者さんといっしょに楽しいこともつらいことも共有し、共感できる仕事です。生活を支えるって、すごいことなんだなと思います。

「とも」でヘルパーをしていなかったら、「どんな価値観の人間になってるかなー」って思う時があります。今の自分で良かったと思う。江里さんに会えて良かった。

この仕事をしていて、楽しかった思い出がたくさんあります。一番は決められません。パスポートをいっしょに取りに行ったり、ハワイに2回も行けたこととか、旅行とか、いっしょに

行ったひまわり畑も楽しかった！たくさんあります。

　大変だったことは、東日本大震災の時にいっしょに逃げていた時です。「やばい、どうしよう」って思っているのと、「絶対に江里さんを守る、江里さんがいる場所をママに伝えなきゃ」って思っていました。

● 自分と向き合える人になりたい

　ケアをしていて、困ったこともたくさんあるし、悔しくて泣いたこともあります。

　ケアで失敗して怒られると、「怒られた」「できない」「悔しい」「もう辞めたい」「江里さんに悪いことしちゃったな」「ごめんね」「次から絶対にしない」って気持ちになります。

江里さんにも、教えてもらったことがたくさんあります。失敗をたくさんして、怒られて、同期として切磋琢磨したり、代表に考え方とかを教えてもらったりして、ケアができるようになったのだと思います。

　入社２、３年目に、先輩が次から次へと辞めることがありました。その時に、「自分たちがやるしかない」と思いました。
　５年目くらいからは、つらいことがたくさんあっても、辞めたいって何回も思っても、でも、江里さんが好きってことと、この仕事も好きっていうのがあったので、続けてきました。

　仕事の中でつらいこと、しんどいこともたくさんあるから、自分と向き合うことができる人になりたいです。
　ヘルパーの仕事には、共感できる力、自分を認める力、心が折れそうになっても踏ん張って戻ることができる力、体力、楽しそうとか、やりたいとかワクワクする気持ちも大切だと思っています。

　私には、江里さんを助けているって感覚はありません。江里さんがつらいと、私もつらくなってくるとかはあるかもしれませんが、私は、江里さんに助けてもらっていると思います。
　ずっと働くかはわかりませんが、江里さんとは、かかわっていたいと思っています。でも、「とも」を辞めたら福祉はしないとも思う……。

ヘルパーがいる

西田　良枝（ママ）

● ヘルパーは、感じ受け取る幸せが評価になる仕事

　江里は、医療的なケアを含めた重度心身障がい者としての自立生活をしています。そのためには、夜間を支援するスタッフが欠かせません。しかし、24時間対応をしてくれる人がこの20年でどんどん減っている気がします。

　ある日、江里の家に行くとテーブルの上にかわいいひまわりが飾ってありました。スタッフに、「かわいいお花だね。どうしたの？」と聞くと、「新人ちゃんがくれたんです。かわいかったから買って来たって」と。「みんなだんだんそうなるんですよね。私もおいしいもの食べたりすると、これ江里さんに食べさせてあげたいって思うし」と。するとすかさず他のスタッフも、「そうそう」と。

　「親といっしょだな」と思いました。

私も長い間、どこに行っても、江里に見せてあげたい、食べさせてあげたい、これいいな、と常に思っていました。今もその思いは浮かんできますが、いっしょに暮らして介助を全部やっていたころよりは、その感覚は少なくなった気がします。

　いっしょにいると、ことばはなくても非言語でのリアクションが返ってきます。私たちに直接伝えていることではなくても、幸せそうな表情や喜んでいる声、満足そうな笑顔。
　そこにいる江里の喜びや幸せを、こちらがじんわり感じ取り受け取ることで、こちら側の幸せ感が生まれる……人の幸せにかかわれている喜び。
　直接ことばで「ありがとう」はもらえないし、拍手喝采もなければ、リアクションも少ないけど、それがヘルパーのやりがいだったりします。
　だから、あんまり「私を見て！私をほめて！」を求める人には向かない仕事かもしれません。
　ヘルパーは、黒子です。人と人をつなぐ橋渡し役です。利用者さんの幸せそうな表情を見て、それを支援できた自分を認められる力が必要な仕事なのかもしれません。

● 自立生活にはヘルパーが必要

　「とも」を立ち上げたころは、ヘルパー事業（24 時間 365 日のマンツーマンの支援）が主な、小さな NPO であるにもかか

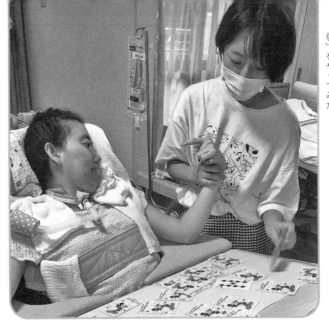

新人ヘルパーが、江里の介助を練習するために「神経衰弱」をやってみた。

わらず、新卒が13人も入ってくる年もあるほど地域生活支援は旬でした。

その後、地域福祉の幅も広がり、ヘルパーをど真ん中でやりたいという人はだんだん少なくなってしまいました。土日祝日がお休みで、日中だけの通所の支援員の希望が増えています。

支援員よりも、相談員が人気だった時期もあります。目指しているのは相談員だけど、現場からということで通所の支援員になる選択肢も多くなりました。

なぜなんでしょう？通所支援のほうがわかりやすいということはあるでしょうし、同じ場所に同僚や先輩もいるので安心感があるのかもしれません。自分の生活のリズムが大事だということもあるのかもしれません。

20年以上前ですが、あるフォーラムで、昔は入所施設の職員が夕食をふつうの時間に取るために、入所者の夕食が16時だとか、入浴は職員の数が不足しているから人手の多い日中の週2回だけしか入れないなどを聞いて、そうかあ……と思ったことがありました。

　私は、少しずつ自分の時間を分け合ってもらい、支援を受ける人の望むペースの暮らしを支えてもらえないかな……と思います。毎日夜遅くまでは働けないけど、週に1回ならとか、朝も毎日は早く出られないけど、週に1回ならいいよとか、夜勤も同様です。

　たしかに、ヘルパーにもいろいろなライフステージがあります。年齢、家族、個人的な事情を含めた環境もあります。

　しかし、いろいろな時間帯でいろいろなことを担ってくれる人たちがいたら、支援を受けながら地域で暮らせる生活が、もっと可能になるのです。

● 人生の伴走者になる

　ヘルパーは、難しい仕事です。「とも」の利用者さんは、障がい種別も知的、身体、重複、発達、精神、難病等々あらゆる状態で、年齢も問わず、子どもから高齢者まで幅が広いです。支援内容も、ちょっとした気分転換から、プールや旅行までいろいろなところに出かけて行く外出支援、通院支援、家事支援、

コロナ禍は家の近所でお散歩。インスタグラムに載せたひまわりたち。

入浴支援などなど、本当に幅広い内容を提供します。

　加えて、一人ひとりのニーズも支援方法も違います。それらの複雑で多彩な支援を、常勤スタッフはオールマイティにできることを目指します。

　江里の場合で言えば、医療的なケアもあるので、ヘルパーは医療の知識も身に付けなくてはなりません。

　現場ではひとりですが、24時間365日を複数人で支援していくので、チームワークも必要です。また、多くの他職種が支援に入るので、連携する力も必要になります。

　また、ヘルパーは江里にかかわる人たちとの架け橋になるためにも、江里との関係を紡ぐためにも、コミュニケーション能力が一番重要になったりもします。

そして何より、尊厳を持ったひとりの人として対峙できるか
が、一番試されることでもあります。それは同時に、自分自身
と向き合うことになります。

　江里のような人の自立生活を支援するヘルパーたちは、支援
と言うよりも、命の行方さえも左右する人たちです。まさに、
「人生をすぐ隣で伴走している」というのがぴったりきます。

● 「生きる」に向き合うこと

　江里の同僚でもある岡村さんと花田さんが江里の支援に入っ
た時には、江里の医療的ケアはまだ口腔内の痰の吸引と薬剤の
吸入、胃ろうだけでした。そのころは制度もまだなく、「やりま
す」という意思があるヘルパーにしかしてもらうことはできま
せんでした。
　その後、江里は筋緊張から呼吸の確保が難しくなり、彼女た
ちは気の休まらない夜勤をしてきました。

　彼女たちは、気管切開の手術入院の支援もしてくれました。
術後も、術後のつらさ、鎮静のあとにやってくる発作、突然声
を失い自分に何が起こっているのか理解しにくい江里の不安と
恐怖への共感……寄り添う彼女たちの強さと優しさは、とても
文字では伝えられません。
　さらに、彼女たちの支援は、江里が長い入院で意欲を失い、

目の輝きが失われていくことをなんとか食い止めようと、江里の生きる意欲を引き出すまでを行うという、とても広範囲で多様で多彩なものでした。

　そして、看護師でもないのに、さらに難しい医療的ケアの実践にチャレンジしました。

　「自分たちが怖くてもやらなきゃ、江里さんは家に帰れない」、その思いだけで、がんばってくれたのだと思います。

　母親の私でさえ怖かったことを、ただ必死に看護師の指導を受け練習してくれました。親としては、どんなに感謝してもしきれません。

　江里を心配し支えながらも、彼女たち自身が大きな不安の中でチャレンジを続けてくれたから、今があるのです。

111

家で暮らしたい江里の願いは、いっしょにチャレンジをしてくれるヘルパーたちの存在がなくては叶うことはないのです。

　そして、江里のひとり暮らしを支えることは、生きるということに向き合っているんだと、彼女たちヘルパーはわかっているのだと思います。

　毎日いつも意識しているわけではないと思いますが、あげればたくさんになる日常のすべての支援が、そこにつながっています。

● リフレッシュ休暇旅行

　もちろん、いつも命がけギリギリの生活というわけではありません。

　「とも」では、勤続年数に合わせてリフレッシュ休暇制度があります。「とも」設立当時は、休日数が今よりも少なく、たまにはゆっくりとリフレッシュしてほしいという思いがあり、つくりました。

　同時に、違う世界を見て感じることで、多様性を感じてほしいという思いがあり、特別有給休暇を追加で５日＋基本給１カ月分を支給し、どこでも誰とでも好きな「海外」に行って好きなように過ごしてくる、という制度をつくりました。

　リフレッシュ休暇制度を利用して、同期のヘルパー２名と介助のヘルパー１名で支援の体制を組んで、私も介助の一要員と

また江里とハワイに来られたなんて…! さわやかな風の中で。

して江里とハワイに行きました。

　私は、「とも」を立ち上げた時、もう海外旅行はできないだろうなと思っていました。江里も子どものころから旅行が大好きで、ハワイにも行ったことがありました。

　この旅行で私は、呼吸状態も安定しない医療的なケアもある江里をハワイに連れて行く準備と、無事に飛行機を降り立って到着できたことで疲れ果ててしまいましたが、空港に降り立ち、ハワイの空気を感じながら、江里は満足している表情でした。

　それを見ている私は、心からの幸せを感じました。ハワイの空気と江里の表情は、忘れることができません。ふたりだけでは絶対に来れないけど、いっしょに行こうと言ってくれる仲間ができて、「こんな日がくるなんてねー」と……。

● 双方に意欲と意思を生む、尊くて価値のある仕事

　私が江里の介助や介護をヘルパーに頼むのは、障がいがあっても当たり前のふつうの暮らし、人生を送ってほしいと思うからです。

　江里は障がいはありましたが、ひとつの命として、幸せも感じて毎日生きてきました。その毎日の積み重ねの延長線上にある大人になってからの人生。それを支えることは、私ひとりでは絶対にできません。それを支えてくれるのが、ヘルパーをはじめとする支援者のみんななのです。

　江里の介助や介護は、江里がひとりの人間として、自分の人生の主人公として生きるために必要不可欠なものです。一方で、江里が自分の人生を生きるために、一方的に支援を受けているだけではないとも感じます。

　人は、環境と切り離せない社会的な生き物です。そして、一人ひとりに欲求があります。大人になった江里は、わからないことも多いけれども、こうしたいという意欲と意思があります。わからないことはわからないと伝えてきます。

　「こう生きたい」と言う障がいを持つ江里がいて、それを受け入れ支えようとする意思がある人たちがいる、環境がある。その環境の中では、支援を受ける江里だけではなく、支援する側、職業としている人たちの側も、幸せや、やりがいを感じること

ができ、自分の成長を感じることができる。例え、目の前で起きていることは本当に地味な介助や介護でも。

　ヘルパーは、今でもあらゆる職種の中で収入は下位です。こんなに尊くて難しくて、たくさんの能力を求められるのに!? といつもいつも悔しい気持ちになります。

　同時に、私たち親がやっている介助や介護もそんなふうな価値なのでしょう。

　何よりも、障がいがある人の支援の仕事の価値が低いということは、イコール、障がいがある人そのものの価値、人生の価値が値踏みされているような気がするのです。

2部

私が生きる

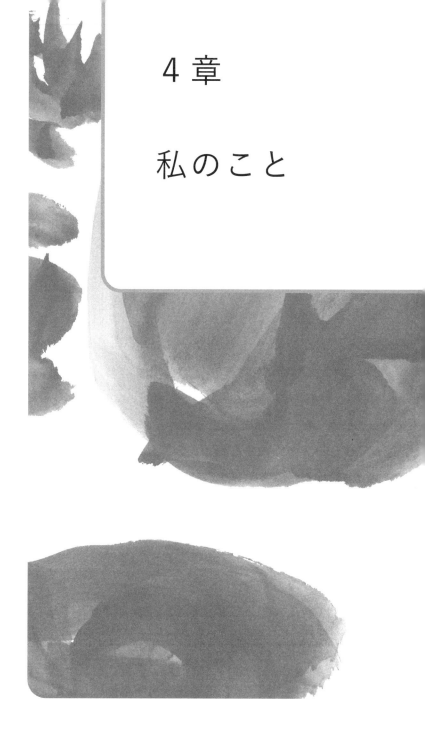

4章

私のこと

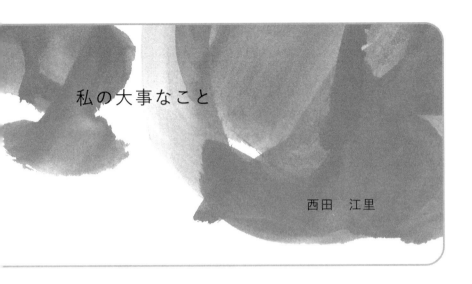

私の大事なこと

西田　江里

● 指　談

　いつも私は、指談をしています。今までは、みんなと話しても いっぱいは話せていませんでした。いつも短いことばをたく さん話していたので、コミュニケーションが取れていなかった ように感じていました。長い間、こんなにもいっぱいしゃべれ なかったので、指談をすることがとてもうれしいです。

　指談をすることでたくさん話せるし、私のことばをいろいろ なふうに伝えられるので、良いコミュニケーションです。もっ と、いろいろなことばを知っていきたいです。

　ことばは、私にとって大事です。指談は大変だけど、しゃべ れるので私にとっては必要です。

　たくさん時間の取れる時は、執筆活動をしたいです。私の執 筆活動は頭をすごく使います。だから執筆活動をした日の夜は

よく寝れそうな気がします。たくさん書けることで、たくさん気持ちが伝わって、たくさんの人にわかってもらえるから書きたいです。

　執筆活動で必要なことは、時間と、私が元気でいることです。おしゃべりも大好きだけど、執筆活動も大好きです。

　みんな、私のことばをそのまま声に出して、合っているか確認します。違う時は×、合っている時は〇を書きます。みんな、ちゃんと確認してくれます。

　みんなはいつも忙しいので、指談があまりできないこともありますが、指談をしてくれようとがんばってくれています。みんな大変そうで心配ですが、みんなは「いいよ」って言ってくれるので、安心して書けます。

　もっと知ってほしいことがたくさんあるから、もっと書きたいです。

　それと、指談はなかなか理解されないこともある気がします。

● "江里ちゃん"

　私の大事にしていることに、"江里ちゃん"があります。

　なかなか家にヘルパー以外の人が来ないので、名前を呼ばれることは少ないのですが、来ても、いつも「江里さん」なので、「江里ちゃん」は貴重です。そう呼んでもらえたら、うれしいです。

だから、「江里ちゃん」って呼ばれることが、"江里ちゃん"ってことばが、私にとって大事になっています。もっと、いろいろな人に、いろいろな呼び方をされたいです。

● ママ

母の日に、私はいつもママにプレゼントしています。これは、私が大事にしていることです。

ひとりではプレゼントを用意することができないけど、必ずスタッフが手伝ってくれるし、いっしょに考えてくれます。去年は、写真を送ったり手紙を書いたりしました。

今年は、ママに字を送りたかったから、色紙に字を書きました。久しぶりに字を色紙に書いて、みんなに「上手い」と言われました。ことばも好きだけど、字を書くのも好きです。

私は、幼稚園の時にみんなよりできないことがあることを知りました。やりたくてもできないことが悔しくて落ち込むこともありますが、いつもママが慰めてくれます。ママは、「江里には江里のできることをしなさい」って言います。

ママは、私が生まれてどうだったんだろう、とてもつらかったのかな？って、たまに思います。

ママは私のことを、「ママの幸せだ」と言ってくれます。ママは、いつも私のことをすごく考えてくれて、私は幸せです。

江里の人生・ひとり暮らしにはなくてはならないチームメンバー（家事スタッフ、相談員、いろいろな時間帯で働くヘルパー）。家事スタッフのサプライズ誕生日会で。

● "みんな"

　もっと私が大事にしているのは、自分の思いです。自分の意思は大事にしたいと思っているので、大事なものは自分です。だから、大事なのは"みんな"です。

　みんなとは、ヘルパーのことです。私は、みんなのことが大事です。みんなは、私のことを大事にしてくれるけど、私もみんなが大事です。

　私は、みんなといる時間がとても大事です。だから、みんなといる時間をできるだけ長くしたい。みんなといる時は、笑顔でいたい。笑顔になれない時もあるけど、みんなは私を笑顔にしてくれるので、私もみんなを笑顔にしたい。

私とみんなは、同じ経験をたくさんしてきました。だから、同じ思いになることが多いです。みんなと生きていきたい。

　いつも私は、みんなのことを考えています。いつもみんなは私のことを考えてくれます。難しいこともあるけど、私はたくさん感謝しています。

　自分のことも大事だけど、みんなの幸せも願っています。幸せっていろいろだけど、みんなが幸せって思ってくれたら、私もうれしいです。

　みんなはとってもとってもいい人です。私のことをわかってくれる。だから私は、こんなに幸せに生きられる。私が幸せなのは、みんながいるおかげです。

　だから、もっとみんなのこと、もっといっぱい知りたい。私は、知らないこともたくさんあって、私がみんなのことを聞くと、みんな答えてくれます。知りたいと思ったことが知れない時もあるし、知らなくていいこともある。

　私に向けたことばじゃなくても、私はみんなの話に参加したい。私も仲間に入りたいです。

● 自　分

　自分を大事にするのは、私がこの世界でたったひとりの大事な存在だと思うからです。私は私として生まれてきて、他の誰

2021年アウトサイダーアートカレンダーに掲載した「紅葉」を描きに。

でもなく、私だから。この人生を大事にしないなんて、ママや私が生まれることを喜んでくれた人に悪いと思う。

　私が私のことを大事にしなかったら、自分がかわいそう。自分は、自分が一番大事にしてあげる存在です。

　どうやって自分を大事にしてるかというと、自分の気持ちをちゃんと聞いてあげることです。心の中で、「何を考えているの？」と問いかけて、それを「いいね」って言ってあげること。

　でも、ネガティブになったり、いいねって思えなかったりすることもあるけど、そういう時は「それでも良い」と思っています。だってそれも、私の大事な気持ちだから。

　自分が、一番の自分の気持ちをわかってあげることです。みんな自分を大事にしてあげてほしい。

● 時　間

　大事に思っていることに、時間もあります。時間ってすぐ終わっちゃう。

　私は、みんなとご飯食べたり、遊んだり、旅行に行ったり、いろいろするんだけど、すぐ終わっちゃう。なんですぐなのって自分で思う。

　もっともっと遊んでいたいし、ずっとみんなといっしょにいたいのに。これは、感覚の問題。楽しいから、あっという間に終わっちゃう。だけど、この時間を大事にしたい。

　私の人生も、あとになって思えば、あっという間かもしれない。だからこそ、大事な時間をずっと続けるために、今を大事にしたい。

　どうしてそう思うかというと、今までの人生があっという間に感じてるから。

　楽しかった旅行や、みんなとの時間、もっとやりたかったこともたくさんあった。時間を大事にすることで、こういうことができるようにしたい。

　だって、私の人生は短いかもしれないから。

　時間を大事にします。

　人生とは、私にとっていつも素晴らしいことです。

　みんなは、どうですか？

いっしょに

岡村　あかね（ヘルパー）

● いっしょに育つことができたら

私が、「とも」で江里さんに出会ったことで、この地域の中で利用者さんの支援をさせてもらうことで、私にはある思いが生まれました。それは、本当に誰もが、「自分らしく、自分で、自分の生きたい生活を、選んで過ごせること」です。

多くの人の“自分らしく生きる”が実現できるようにするためには、「どうしたらいいか？」と考えるようになりました。

ヘルパーが圧倒的に足りないのはそうですが、その地域の方々の理解や、様々な場面で支えてくれる人の存在も大切だと感じています。

「とも」では、障がいを持つ子どもたちが地域の学校に通ってきた背景があります。私の育ってきた環境には、障がいを持つ友だちはいませんでした。車椅子に乗ってことばを発しない子がクラスにいたら、どう感じていただろうと思います。

今思うのは、最初は戸惑うかもしれないけど、同じことを
いっしょにして、活動の様子を近くで感じることで、こういう
子もいるということを受け入れていったのではないかと思いま
す。江里さんといっしょに育った子どもたちを、うらやましく
思います。

　社会には、様々な人がいます。それぞれの個性があふれてい
ます。それは障がいのあるなしに関係なく、人のいろいろなこ
とを受け入れることで人間関係がつくれたり、互いに理解し合
うことで、大きな成果が得られると思います。
　社会に出た時に、多様性を受け入れる心を持てていれば、自
分を大切にすることも含めて、他者を理解することができると
考えています。

　そんな考えの中、私は母になりました。私が子どもに思った
ことは、まず自分を大切にしてほしいということ。どんな自分
でもいい、何ができる、できないではなく、そこに存在してい
る自分が大切であることを伝えていきたい。
　次に、多様性を受け入れられる人になってほしい。受け入れ
ると言うよりも、自然にできる、意識しなくても一人ひとり違
うこと、違って良いことが当たり前だという価値観を持ってほ
しい。このふたつは、私が子育てで心がけていることです。
　そのために何ができるかと考えた時に、江里さんのそばで子
育てをすることで、多くのことを学ばせてもらえるのではと思

いました。

　江里さんは、子どもが大好きなので、生まれたらすぐに見せたいなとか、抱っこしてもらいたいな、という気持ちもありました。江里さんにとってもなかなかできない経験だと思い、いっしょに育ててもらおうと、いつも協力してもらっています。

　子どもが２歳のころ、外出先で車椅子マークを見て、「これなあに？」と聞いてくることがありました。「江里さんが乗っているやつ」という説明で子どもは理解しました。車椅子を見たことがある子どもには、"江里さんのように" ということばだけで、理解することができたようです。

　３歳半の時、テレビに脳性まひで発語が聞き取りにくい方が映りました。

子どもは、「この人、何を言っているかわからない」と言って笑いました。正直、私は衝撃を受けました。大人がしゃべれるのはふつうで、「しゃべれないのはおかしい」というような概念は、勝手に生まれるものだということを目の当たりにしました。

　私はすぐに、「よく聞いたらわかるよ、お口が上手く動かせないとこういう話し方になるけど、生まれた時から上手くお口を動かせない人もいるんだよ」と説明し、「ちゃんと話しているから聞いてあげてね」と伝えました。

　この経験から、自分が出会ったことのないことを、子どもに限らず人は、自分と比べて感じる"違い"や、今までの経験から感じる"違い"に対して、自分が"ふつう"と認識するものなのだと知りました。

　だからこそ、説明やこうしてほしいという希望を伝えることは、大切なこと。社会に対して説明していけるのは、当事者やヘルパーなどの支援者であると思いました。

　子育ての中でも、まだまだ説明していくことがあると思います。子どもの、「なんだろう」という気持ちから、ふつうを広げていくことをしていきたいなと思っています。

　子どもがこれから大きくなっていく中で、障がいを持つ子といっしょに育つことができたら、互いに成長し合えるのになと思いながら、通常級と支援級に分けられても、同じであることを説明していこうと思います。

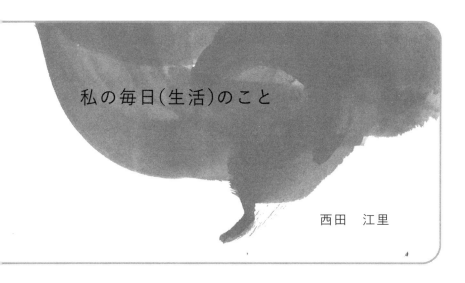

私の毎日（生活）のこと

西田　江里

● 好きなこと

　私には障がいがあるので、夜遅くまで遊びに行けないことが
多いです。私は、生活のリズムが決まっているので遊びに行け
ないのです。みんなが夜遅くまで遊びに行っていると、うらや
ましく思います。

　いつか、江里も夜遊びしてみたいです。夜遊びしたらどんな
ことしようかなって考えます。カラオケがしたいです。

　私は、洋服が好きです。自分で洋服をコーディネートしてお
店に並べる仕事をしていました。今は仕事としてできていない
ですが、洋服が好きなのは変わりません。

　買い物に行くと、たくさんの洋服が見れて幸せです。買って
来た洋服を着るのが楽しみ。洋服を着て出かけるのが楽しみ。

　なんで洋服が好きなのか考えると、ママの影響が強いと思い
ます。ママはいつでもおしゃれで、うらやましいって思います。

私も、いつかママみたいにおしゃれを楽しみたいって思っていました。憧れのママみたいな大人っぽい服装はまだできないけど、私らしい服をこれからも探していきたいです。

　● 睡眠

　最近、よく眠れなくなることがあります。眠れなかった日の次の日は、いっぱい寝ます。

　寝る時に考えごとをすると、眠れなくなります。そういう時は、考えるのをやめようと思うのですが、どうしても考えてしまいます。

　私が眠れないと、夜勤のスタッフは大変です。私はスタッフが大変な思いをするのは嫌なので、寝なきゃって思うのですが、寝られなくなっちゃいます。

　私が寝られるように、みんなはたくさん工夫してくれます。それに応えられないのが苦しいです。私といっしょに生きてくれる人がいてくれるといいなぁって思います。

　● 友だち

　私は、ヘルパーが友だちです。みんなといる時の私は、すごく楽しいです。自分らしくいられる気がします。みんなみたいになりたいって私も思います。

　私がどこかに遊びに行きたいって思ったら、みんなはいっ

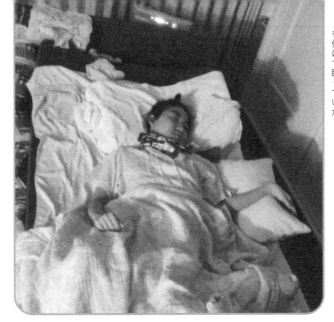

気管切開する以前、夜間も気道確保をするためにカラーを付けて眠っていた。

しょに来てくれます。仕事がお休みの日には、私の友だちとして遊びに来てくれます。私にとってはそれがふつうなんだけど、他の人には「面白いね」って言われます。

　私はみんなといっしょにいてすごく楽しいけど、みんなはお仕事で来ているからどう思っているのか気になります。みんなもいっしょにいて楽しいって思ってくれてるといいなぁって思います。

　たまに、みんなから「嫌になる時ないの？」と聞かれます。私にも、嫌になることはあります。でも、嫌な気持ちをみんなに言って、みんなが嫌な気持ちになったら困るので言いません。嫌なことがあって、夜に眠れなくなることもあるけど、眠れた時は忘れちゃいます。

● 私の生活を続けていくこと

　私の生活は、毎日忙しいです。それでも私は、自分の家で生活したいです。もしかしたら、私はふつうの人より生活しにくいのかもしれません。だけど、この生活は変えたくないです。この生活を続けていきたいと思っています。
　ただ、それが叶うのかって最近不安になります。

　私の生活にはヘルパーが欠かせません。その大事なヘルパーが少なくなっていることが、不安になります。
　でも、みんなには私のことで大変になってほしくないし、でも、私はこの生活を続けたい。どっちも本心だから困ります。

　私がこれから生きる道は、もしかしたらつらいのかもしれません。私は、介助がないとご飯も食べられない、生きていけない。指談してくれる人がいなかったら？
　今は、ヘルパーがいるから生活できるけど、ヘルパーがいなくなったら生活できなくなるかもしれません。生活できなくなったら、私はどこに行ったらいいの？
　そういうことを考えると、眠れなくなります。

　「誰か、私が死ぬまで介助して」。

宿泊研修休憩時間。スタッフに端坐位をしてもらい、車椅子から降りてほっと一息。

　私の不安は尽きません。私は、人の手を借りないと生きられないから。自分ひとりで生きていける人と、生きていけない人がいるから。これは、運命だから。

　私にできることは、いろいろな人に、私のことを知ってもらうこと。知って、やってみたいと思える人がいたらいいな。

133

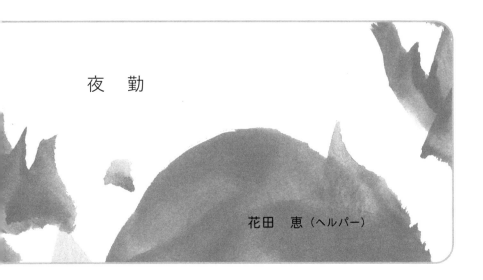

夜　勤

花田　恵（ヘルパー）

● 日中元気に過ごすために

　私は、江里さんの夜勤に入るようになって14年になります。夜勤の経験は、学生の時に行った施設実習くらいで、自分が夜勤もある仕事に就くとは思っていませんでした。

　私が入社した当時は、片付けや翌日の準備が終われば眠れて、2、3時間ごとの体位交換の時に起きる、モニターが鳴ったら起きるという感じでした。

　それから少しずつ、体位や首をいい位置に調整しないと酸素飽和度が下がっていくことがあり、当時いい位置を見つけるのは難しかったです。そこからさらに、気道確保を常にしていないと酸素飽和度が下がることがあり、カラーというムチ打ちの時にするネックホルダーを付け、顎とカラーの間にタオルをはさみ、酸素飽和度が上がる位置に調整することをしていました。

江里さんが、翌日に楽しみなイベントがある前日の夜は、楽しみすぎて眠れなかったり、旅行先でも慣れない環境で、楽しくて眠れないというようなこともあります。22時半くらいに深く眠って、2時間くらいで起きてしまい、そのあとから目がキラキラのパッチリで笑っていたり。

　夜だから寝ている支援をするというわけではなくて、眠れるような環境設定や呼吸状態、体位にすることが大切です。
　夜なので、眠ってほしいとは思いますが、自分も夜更かしや若い時に一日中起きているのと同じように、江里さんだってそういう気分の時もあるよねと思います。
　決まったことをやらなくてはいけないではなくて、その時に江里さんに必要なことをすることが大切だと思います。

　ある時、江里さんが体調を崩していて、私がちょうど夜勤に入っていて、まだご家族も帰宅していない時に、江里さんが咳き込み、吐血したことがありました。
　一瞬、頭が真っ白になりましたが、すぐにお母さんに連絡をして、「吐血しました。救急車呼びます」と言ったことを覚えています。お母さんからは、「すぐに帰るから」と言われて帰って来るまで待っていました。

　ご家族が帰って来てからは、ご家族が救急車を呼んでくれて、救急隊に説明し、いっしょに病院まで行きました。

脈も 160 台（通常 60 〜 100）で、足がバンバンと痙攣して
いたり、今まで見たことがない状態になっていました。この時、
自分がどんな行動をとっていたのか覚えていません。

　早朝 4 時くらいに病院から帰って来て、引き継ぐ時間になり
引き継ぎました。

　ケア中は、どうにかしなきゃと必死だったのですが、自分が
帰路についている時が一番放心状態で怖かった。

　江里さんが落ち着いて「良かった」と、いろいろな感情が込
みあげて涙が出ていました。

　また、ある日、「江里さんが夜ベッドから落ちてケガをした」
と連絡が入り、その日の夜に急遽夜勤に行くことになりました。

　ケガをしている江里さんを見て、悲しみや、悔しさや、怖
かったねと感情がありましたが、泣いてしまいそうで何を江里
さんと話したか覚えていません。

　その日の夜勤は、自分の心がいつもの夜勤とは違い、片付け
などはしましたが、自分がもし最悪な状態の行動をとっていた
らと考えると怖くて、江里さんのそばにいることが多かったで
す。

　夜勤ケアに入ってしまえば一切思わないのですが、夜勤に行
くまでは、「他の人たちは家に帰って行くのに、なんで自分はこ
れから出勤なんだろう」とか思ってしまう時もあります。

　江里さんの生活を支えているのは、日勤をしているスタッフ
だけではなく、夜勤スタッフが環境を整えて、状態を察知して、
安眠につなげてくれるから、日中元気に過ごすことができると
思っています。

可能性

西田　良枝（ママ）

● 知ることで気付けること

　江里に障がいがあることがわかってから、私はいろいろなことをやってきました。障がいがある人がいること、そして、障がいがあっても同じ人間であることを知ってほしいと思っているからです。

　同じ人間であることは、理解してもらえることは多いです。でも、別世界の人たちと感じてしまう。人間に決まっているけど、「同じように生きること」には、すんなりと、「当然だ」と思う人は残念ですがそう多くないように感じます。

　2016 年に、「相模原障害者施設殺傷事件」（津久井やまゆり園の元施設職員が入所者 19 人を刺殺した事件）が起きました。
　その犯人が述べた犯行の理由は、「障がい者たち、それも話し

かけても返事ができないような人たちは、自分たちを不幸にする存在だ」というものでした。

　あまりにもシンプルでわかりやすく、それが殺人に直結することには強い違和感を感じますが、この発想は、この犯人だけが持つ特有の考え方ではない気がしました。

　犯人が、障がい者は自分たちを不幸にする存在で、社会には必要ない人たちだと考えたのは、目の前にいる障がいがある人が、幸せに見えなかったからかもしれません。

　もしくは、自分よりもこの人たちのほうが幸せなんじゃないかという考え、感覚があるのではないかとも思いました。

　仕事にやりがいも感じられずに、負担ばかりを感じていたのかもしれません。多かれ少なかれ、犠牲になっていると感じる瞬間は、支援の仕事にはあると思います。

　そして、障がいがあっても、大切にされるかけがえのない人たちだということ、こんなふうにしたらその人たちの力や可能性を発揮できて、いっしょに成長できるよということ、誰にでも価値や尊厳があることなどを、知る機会がなかったのではないかと思いました。

　たしかに、見た目もやることも大きく違います。外には見えない部分、能力なども違います。でも、人間であることは間違いないし、私の（誰かの）大切な家族であり、私の（誰かの）子どもであることも間違いないのです。

● どんな社会で暮らしたいか？

　私と江里の暮らしは、多くの人に理解され、支えられ、応援してもらって今があります。

　でも同時に、江里の介助を確保するために、とてつもないエネルギーを使う闘いは、絶え間なく続いています。

　法律も制度もサービスも、自然にはありませんでした。介助を受けるための支給量がすんなり出るわけでもありません。今も不足分を補っている部分もあります。障がい者の自立生活に必要なサービスの支給量を決める人たちが、障がいがある人の生活の実態を知らないこともよくあります。

　江里は、「幸せだ」とくり返し書いていますが、私も幸せには違いありませんが、江里が生まれ育った地域の中で、仕事をしながら余暇を楽しみ、仲間と過ごし、自分の暮らしたい場所で暮らすことは、とても困難に満ちた道です。

　誰だって、自分の意思で、自分の暮らしたい人と、暮らしたい場所で、生きたいと思うのは、当たり前のことです。

　しかし、障がいのある人たちの暮らしはこんなもの、これくらいのサービスで過ごせばいい、があるような気がします。

　その要素のひとつは、丸ではなく、欠けていたり、へこんでいたりと、つまり100％じゃない人間に、優劣や線引き、価値を付けているから。

　人間は一人ひとり違うから、線は本来引けません。外からは

わかりにくくても、みんな同じ人間です。能力はそれぞれだけれど、それはすべての人がグラデーションであり、凸凹もそれぞれにある。線引きがあるとすれば、その人が存在している社会や環境の中で引かれているのではないかと思います。

もうひとつは、社会の役に立つか、経済活動の輪の中にいるかの社会の価値観。同じ社会でいっしょに生きていこうとするか、そのような人を見捨てていくか、負担だと思うか、思わないかという、社会の成熟度。

同じ人間はわかった、支援が必要であることもわかった、でも、自分の労力や税金を使ってもらうのは困る、それは当事者や家族が責任を持つこと。

私は親なので、「親が面倒みるべきでしょ！」を言外に感じることが割とあります。江里がひとり暮らしをしていても、私が60歳を超えてもなお、「最後になんとかするのはお母さん」という外圧の感覚は否めません。

以前、役所の職員の方が、「俺は絶対に福祉課には行きたくない。だって、困っている人にひどいこと俺言えないもん、身内に障がい者がいるし」と言っていました。

どんな社会の中で生きていきたいか、もしくは、自分の愛する人たちに生きていってほしいか。誰だって、どんな状態になっても、その人の意思が尊重され、その人らしく生きていくことができる社会がいいはずです。

● 同じように考え、感じることを

　江里は、ことばを発することもなく、自分で動くこともない。だからこそなのか、ものすごくよく人を見ていて、感じていて、彼女の中にはいろいろな思いや感情、考えがある……と思うことがあります。

　江里が小さいころ、私がちょっとした失敗をすると江里にケラケラケラと笑われました。はじめのころは、「えっ、見てたの？」「わかってたの？」と思ってびっくりしました。私が落ち込んでいる時も、なぜか励ますような、心配しているような表情をしていました。私は、つらいことをことばにもしていないのに。

　一見何も考えておらず、何も感じておらず、なんの役にも立っていないように見える人たちは、私たちと同じように感じることがあり、考えていることがあります。けれど、それを表現するには、または自覚することにも、なんらかの支援が必要で、支援があれば可能になります。

　江里は、小学2年生ではじめて「重複障害教育研究所」に行き、遠藤司先生と出会いました。江里は、遠藤先生が出す課題ができなくて、悔しくて泣いていました。

　その後、遠藤先生の指導を受けながら、一つひとつ段階を踏んでことばを伝える手段を獲得していきました。

　ことばの獲得は、普通学級で通常の教育課程を受けていた影響も大きかったと思います。

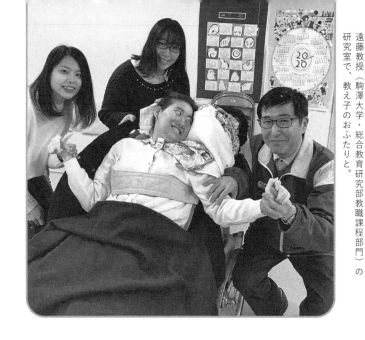

● 感じて、わかってほしい

　私が、地域の中で江里がふつうに生きることにこだわるのは、姿が見えること、自分にかかわることだと思ってもらうこと、同じ社会の中にいること、自分の隣で、笑ったり、ビビったり、困ったり、働いたり、勉強したりすることを通して、自分たちの社会の中に生まれてくる障がいがある子どもたちをどうしようか、と考えてほしいからです。

　その子どもたちが、大人になって、働いたり暮らしたりするために、みなさんの助け、税金、支援を受けることになることを合意してほしい、障がいがあり、支援を受けなければ生きていけない人だけれども、形はいろいろで社会の役にも立っていることを感じてほしい、わかってほしいと思ったからです。

いしけってい

いしけっていは
わたしにとって　たいせつなもんだいです

いままでは　おかあさんがしていたけど
これからは　じぶんでします

じぶんのいしは　じぶんできめたいので
しあわせのために　いしをつたえます

じぶんの　ことだから
じぶんの　いしだから
じぶんの　かんがえたじんせいを　いきたいから

わたしにも　けっていさせてほしい

けっていしたことは　じぶんのせきにん
じぶんでとります

5章
私は
生きている

幸せを感じる力

● 私が生きる意味

私は、社会にとって必要なの？
それをみんなは考えるかもしれないけど、私も考える。

私が生まれたのには、意味があるよね。だって、今こうやって生きているんだから。
私は、大人になれないかもしれないって言われてママは悲しかったみたいだけど、今ここでこうやって指談をして、指を動かして、ことばを使って、伝えることができている。私にとって、こんなに幸せなことってない。

ふつうに生きてる、生きられるってことだけでもいい。社会にとって、「幸せに生きてる」って言える人がいることも大事じゃないのかな？

幸せに生きることが、私の生きている意味になるのかもしれ
ないって思って、つらいことがあっても、私はがんばれる。

　話せないことは、嫌だなーって思うことがある。でも、昔は
話せなかったから、自分の中で考えることができた。それは、
必要だったこと。それぞれ自分のできることを精一杯やること
で、自分が生きてる意味になるのかなって思ってる。

　私が生きることで、いろいろな人の力が必要だけど、そう
やって生きることも私の人生。
　いろいろな人の力を借りることは、とっても楽しいことでも
ある。大変ってみんな思うかもしれないけど、私はそれなりに
楽しんでる。
　大事なことたくさんあるんだけど、自分の意思で楽しく生き
ること、これが一番大事かもしれない。
　私は、自分の意思で、ひとり暮らしをして、ヘルパーと生活
している。私は、自分の意思で、仕事をして、みんなと活動し
てお金をもらっている。

　● 生きたいって思う

　私は、何歳まで生きられるのかな。私って、生まれてきて、
ずっと生きていたいけど、いつかは死ぬよね。私だけじゃない
けど、みんなより命短いかな。

そんなこと言わないでって思うかもしれないけど、自分の最期を考えておくことって必要だと思う。

　私の最期って、どうなるかな。みんなといっしょにいる時に逝きたいな。家で楽しく過ごしている時がいいな。もっと先のことだけど、私の希望です。

　死にたくなることもあった。やっぱり、体がしんどい時は生きることに自信が持てなくて、死んだら楽になるかなとか思った時もあった。

　でもそれは嫌だったし、みんなと別れることが悲しいし、私はそれを望んでいなかった。

　今生きていることは、今までいろいろあったから、その時のこととかも考えると、本当に生きていて良かったって思って、みんなに感謝しています。

　生きること、生きたいって思うこと、それは今が、素敵だから。素敵な生き方をしているから。だから、生きたいって思う。

　障がいがあってもなくても、考えることは同じだと思う。つらい時はネガティブになるし、楽しい時はもっとやりたいって思うし、ことばにできないだけで、心の中ではいろいろな気持ちがある。

　それは、一人ひとり違うと思う。だから、こうやって伝えられることってとても素晴らしいこと。

私は、いろいろな人と楽しく生きることを、みんなにもしてほしいと思っています。

　みんなひとりじゃないよ。絶対にみんなが助けてくれるよ。どんなつらいことがあっても、支えてくれる仲間がいることで乗り越えられることもあると思う。つらいことがあっても、みんなで乗り越えて支え合うことが大事。

　だから、私は幸せです。

● 話して、考えて、伝えたい

　私の人生は、ふつうの人とは違うかもしれないけど、ふつうに生きている。私の人生は、ふつうの人たちと同じくらい幸せに過ごせていると思う。

　私にとって、このふつうってことがすごいこと。この当たり前のようなことが続くって、すごい。

　健康でいることや、歩いていることや、仕事ができていることって、ふつうのようですごいこと。

　みんなはどう思って生きているのかな？

　私にとっては、1日1日大切な時間だから、たくさん考えたい。たくさん考えて、能力を高めたい。

　考えられるって、すごい。人に話して、また吸収して、さらに能力が高くなる。想像したらワクワクする。だから、考えることが好き。

みんなといっしょに対話したい。いろいろな人がいるから、いろいろな人の意見聞きたいし、私の考え言いたい。そして、能力を高めたい。

能力高めて、みんなで成長したらすごいこと。大事なことだと思う。

だから、自分の意見を伝えるって大事なこと。

私は、障がいがあることで偏った考え方をすることがある。それは、みんなと話しているとわかる。

私は、いつもみんなのことを気にして見てるから、見ていて思う。私の考えは、子どもっぽいかもしれない。知らないことも多いし、これから知っていくことがいっぱいあるのかな。自分で学んでいかなくちゃだめなのかな。

「どうして私は」って考えることもある。指談で話しているけど、本当はもっと言いたくて、毎日言いたくて、言いたいことがたくさんある。

私の考えは、いろいろな人に影響されてしまう。指談やる人によって変わることもある。だいたい言っていることが合っていれば、それでいい。それが、私の考え方。

細かいことを気にしてると、私の生活は成り立たない。生活が成り立たなくて、熱を出したり寝込んだりしたら、みんなも

近所のきれいなアジサイの前で。きれいな物探しは絵画やインスタグラムの題材に。

疲れる。だから、細かいことを気にするんじゃなくて、みんなの気持ちを大事にする。

　私は、幸せに生きています。私のことを知ってくれるみんなは、とてもいい人たちです。新しく来てくれる人たちも、みんな私のことを知ろうとしてくれます。

　私は、障がいが重いけど、幸せに生きています。

　これからも、自分らしく暮らしていきたいです。

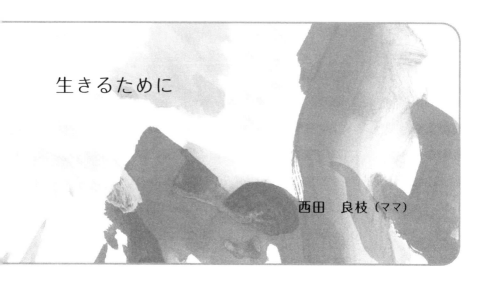

生きるために

西田　良枝（ママ）

● 選択しながら生きる

　胃ろう手術の入院生活で、いかに何もない日常が、江里から生きる意欲を失わせるかを目の当たりにしました。気管切開をするかどうかは、2年も悩みました。

　それこそ、「生きるってなんだ？」を考えました。「寿命ってなんだろう？」、「何がなんでも生きるってなんだろう？」、「医療を使うことは延命ということになるのか？」……「医療を使うことは"生きる"を選んだとはならないのか？」、「これをすることで、どんな先が待っているのか？」、そして、「本人の苦痛や考えは？」。

　何より、本人が先のイメージが持てるのかもわからない中で、本人に明確な意思をもらえないまま推定し、今までの人生の延長線上と本人の生き様から意思決定をするプロセスは、わが子であっても、人の人生の選択をすることはとても難しく、もが

く状態が長く続きました。

　もちろん、私は生きてほしかった。何をしたって。それでも悩んでいる私は、兵庫県まで、頼りにしている知人ふたりに自分の気持ちを聞いてもらいに行きました。おふたりは明確、「生きたいんやから、なんでもやったらええやんか！」。

　その後も一番心配したのは、気管切開をしたらしゃべれなくなる、声も出せなくなる、いろいろな身体的な物理的な制約もある。その環境になったとしても、「江里は大丈夫だろうか？」「苦しい人生になってしまわないか？」と、江里が受け入れ、乗り越えていけるか心配でした。

　本人にその状況を話してもイメージができないだろうし、明確な意思をもらえないまま、私が選んでいいのか……「江里、どうか自分の意思をことばで伝えてよ」と、はじめてことばでやり取りができないことをもどかしく思いました。

　当時は、いろいろなことで混乱していましたが、あとから考えれば、江里が生きたいと思っていることは明らかだったし、私も生きてほしいと思っているわけだから、はじめから難しい選択ではなかったのかもしれません。

　そもそも、「生きるってなんだろう？」なんて考える時は、大抵煮詰まっている時だったり、迷っている時だったり、はたまた、何かの事件や事象を目の前にして考えさせられる時だったり、哲学的になっている時だったりだと思うのです。

誰もが、「自分って」と自覚ある選択をして誕生してはいません。なんだか知らないけど、生まれてきた。「自分ってこういう人ですから！」と言ったりするのは、人生の日々を重ねる中で気が付くことです。

　だから、生きるっていうのは自分を知っていくプロセス、見つけていくことの連続なんだなと思います。それと、何を選ぶか、どちらを選ぶか、選択すること。

　これは、私が江里と生きてきた実感です。

● 支援を受けながら自立が、「ふつう」だったら

　以前、外国に渡り安楽死を選んだ日本人の番組を見ました。本人からの依頼で医師が安楽死させた事件もありました。

　支援を受けて生きていく選択肢を選ばない人たちがいる。そのおふたりは、健常者として生きてきて難病になり、支援が必要になった方でした。

　江里の生活を見てきた私は、このおふたりに対して違和感がありました。どこか人に頼って生きていく自分（自分の価値観の中での）への、役に立たなくなった（と思っている）自分への拒絶というか……。

　もしくは、介護を受けないで生きていたころと同じような人間関係の中にいない孤独とか……支援してくれる人との間の問題とか、負担とか。いろいろなことを考えてしまいました。

自分がもし、全介助を受けないと生きていけない状態になったらと考えると、「何もできないのに生きていていいのかな？」と思うかもしれません。

　支援してくれる人に、気後れしてしまうかもしれません。いや、イライラして八つ当たりしちゃったりして、誰も支援してくれなくなったりするかもしれません。

　当事者にしか、本当の意味での思いはわからないと思っています。それでもあえて、仮に、誰かの支援を受けて生きていくことへの抵抗感や、もっとひどいことばを使えば、敗北感を持っていたとしたら、そんなふうに考えることのない社会であってほしいと強く思います。

　どんな状態になっても、支援してくれる人や仕組みや制度がある安心感。支援を受けながら、自立して生きていくことが「ふつう」という共通認識がある社会であればいいのにと。

● 私の選択

　江里がひとり暮らしをはじめてから、用もなく江里の家には行きません。すべての生活状況は、いっしょに暮らしているころと比べ格段にわからなくなりました。毎晩毎晩、「江里が明日の朝まで何ごともありませんように」と思って眠りにつきました。ある時期は、頻繁に深夜に電話が入りました。江里の服薬のことだとわかっていても、いちいちドキドキしていました。

私もおかげさまで、旅行に行くこともできるようになりました。でも、まず予約を入れる時には心臓がバクバク、本当に行けるのかな？、行っていいのかな？

　出発の飛行機が飛ぶ瞬間まで、ビクビクしています。が、飛行機が離陸したとたんに、「もう何もできないんだから考えるのはやめよう。大丈夫、大丈夫！」と自分に言い聞かせて、私だけの人生モードに切り替えます。何もできないからこそ、何も心配しなくていい時間なのかもしれません。

　家での暮らしは、ひとりだったらその人が、家族だったら家族が、支援を求めながら生活を回していく主体になり、責任を負います。

　江里はひとり暮らしなので、江里が主体で、自分の暮らしや責任を負うのですが、自分だけではできないから、支援を付けます。江里に代わって責任を負う人たちのチームが、相談員であり、ヘルパーであり、訪問看護であり……となるはずですが、家族の私が機能している限り、今は私になっています。

　私が機能しなくなってもこの生活が続くようにするためには、意思決定支援、成年後見、第三者の目などなど、法律的にもやるべきことがあります。

　仮に法的に整えたとしても、江里をよく知る人、生活を直接支援してくれるメインのヘルパーの人数が足りていないと、とたんに江里の人生は違ったものになる危うさがあります。

　あとひとりヘルパーが辞めたら……江里の支援は、難易度が

高いためすぐにはできるようになりません。

　もちろん、寝たきりにさせ命だけつなぐのであれば、そんなに長期間はかからないです。しかし、江里が仕事に行き、余暇を過ごし、当たり前の生活をする、医療的なケアもある、家なので家事もある、それらがすべてできるオールマイティ型のヘルパーになるためには、10カ月近く（個人差はあるものの）かかります。

　だから、常にヘルパーが次のヘルパーを育成しながらバトンをつないでいける体制を確保しないと、江里の人生の最後までの伴走はしてもらえません。

　その危機感は、私にとって本当に恐ろしく、強いストレスでもあります。でも、私が娘の人生をあきらめることはできません。娘は、別人格だから。そして、これからも私は自分の望む場所で暮らしていけるのに、江里にだけ我慢はさせられない……どうしよう……苦しみでもありますが、選択肢はひとつしかないのです（今のところ）。

● 支援する「シゴト」

　今は、20年前にはあった、お互いが助け合う、人と人とのかかわりも減っています。障がいがある人を支えるのは、障がい者の事業所のプロがやることで、一般の人が手を差し伸べにくくなって、交流する機会が減っているように感じます。

障がい者が、私たち健常（と思われる）の人と、同じような暮らしをしているかもしれませんが、障がい者と健常者というエリアが分かれている感覚は否めません。

　「障がい者は、プロに任せておけばいい」となることで、健常者と分けられた世界をずっと生き続けていく、それが、「障がい者として生まれたんだから当たり前」となるのは、本当に嫌だと思います。

　さらに、人として生きていくのに必要な支援と、障がい者枠の支援は、違うような気がします。

　人として生きていくのは、自分発、自分の望むもの、自分らしさの「自分が選択したもの」。でも、枠の支援は「支援する側が選択したもの」。

　支援の仕事は、「シゴト」ではありますが、人の人生にかかわり、かつ人の幸せをつくり、権利を守ることでもあるのだという意識がなくては、支援を受ける側は、どんどん自分がお荷物になっていくような気がしてしまうのではないかと思います。

　支援を行う法人や働く人たちに、この支援はなんのためにあるのかを伝えていく仕組みがないと、福祉の仕事が産業化されたからこそ、不安な気持ちがあります。

　支援の仕事は、やりがいや意義や誇り、豊かな専門性と同じ人間同士の対等性を保っていることが、とても重要です。そして、そこには思いが不可欠です。

いつだって、スタート地点は当事者です。当事者が、堂々と当然のこととして生きようとしてくれること。当事者が、こうしてほしいよ、こんな支援が必要だよ、と伝えてくれること。それが、いろいろなもの、ことを生み出していきます。

　それは、すべてのことに通じることだと思います。だから、どんな時も安心して自分の話ができるための「場」だったり「雰囲気」だったりが大事です。
　それは、ちゃんと相手のことを理解しようとすることで、話をしっかり聞こうとすることで、一人ひとりの違いを否定せずに、認め合っていくことなのだと思います。

還暦祝いにサプライズでプレゼントされた、江里手作りの写真集の中からの１枚。

わたしのおもい

西田　江里

わたしのこと　あいしてくれませんか
わたしは　あなたのことが　だいすきです

あなたは　かきのきのようです
わたしは　くりのきのようです
あなたは　だいすきなひとです

わたしは　だいすきな　ひとがいます
あなたは　だいすきな　ひとがいますか

あとがき
西田江里

　私が本を出したいと思ったのは、私の生き方がふつうじゃないと知ったからです。

　私が障がいを持って生まれたことと、今ひとり暮らしをしていること、これはふつうじゃないって知らなかった。

　みんな障がいがあったらひとり暮らしはできないし、自立は難しいって思ってる。でも、私はできています。

　でも、大変なことはたくさんあるし、私の知らないところでママががんばってくれてる。みんながふつうにこうやって生きれたらいいなって思って、こんな私の生活だけど、こんな生き方ができるよって伝えたい。

　私の夢は、この本を多くの人に読んでもらって、私の人生が不幸ではなく、幸せだと理解してもらうことです。

　私のように障がいを持って生まれたら、不幸になるって思っている人もいると思います。

私は今まで生きてきて、不幸だと思ったことはありません。みんなといっしょに生きてきて、ふつうに生活して歩けないことやしゃべれないことなど、できないことはたくさんあるけど、私にはできることもあるし、できないことはみんなに助けてもらうし、みんなといろんな経験ができたし、この障がいがあったから、今の私があると思っています。

　これから私がやらなくちゃいけないのは、多くの人にこのことを伝えることです。だって、これからもたくさん障がいのある子が生まれるから。

　私が本を書けるのは、指談に出会って指談をしてくれるヘルパーがいるから。これはきっとすごいことだね。私の本で、みんなが「やってみよう」って思えるように、いろいろ書きました。私は、自分のことを知ってるようで知らないことが多くて、みんなに聞きながら書きました。
　みんなも、いろいろな人に聞きながら生きていくといいよ。それは、できないのじゃなくて生きているから必要なこと。ひとりでは、誰も生きていけないんだよ。障がいがあってもなくても、生きることって大変なこと。それは、障がいは関係ない。

　私の大変なこといっぱいあるけど、それは私に必要なことで、大変だけどそれを楽しんでいます。私が生きていて良かったって思ってること。それは、生きてるからいろいろな感情になっ

て、一つひとつが面白くて、もっといろいろな感情を味わいたい。

　こんなにいろいろなことが起きて、いろいろなことを思って、考えるって疲れる時もあるけど、楽しくてしかたないよ。

　障がいがあるけど、これって私が楽しめるようにしてくれたんじゃない？って思う。

　私が今まで生きてこられたのは、ママのおかげもあって、私のことをかわいがってくれて、自分を好きになれたから、こうやってみんなと生活できるのだと思っています。

　私は、決して不幸じゃないよ。全部、私らしく生きている。無理してないよ。

　私らしさってなんでしょう。私が自信を持って話せることです。私は私で、私は私。私らしく生きていきます。

　みんなは、みんな。これからもよろしくね。

　私はこれからも、ひとり暮らしを続けます。これからもたくさんのヘルパーと出会って、私らしさを伝えていきます。

　私が今までのようなひとり暮らしを続けていくには、ヘルパーが必要です。ヘルパーを大募集しています。

　もし、この本でヘルパーに興味を持った方は、連絡よろしくお願いします。

あとがき
西田良枝

　江里は、今でもはじめて会った人にいきなり、「私のことどう思いますか？」と聞いています。ふつうはそんな質問しない、私は変なのと思うのですが、必ずこの質問をします。

　江里が本を書きたい理由は、自分を知ってほしいということのようなのですが、どうしてこんなに知ってほしいって思うんだろう？介助の人がいないと生きていけないから？介助の人と出会いたくて？……。

　それだけでなく、私と同じような思いが、本人には「あるのかな」と最近思うようになりました。発信できる障がい当事者や、私の親としてのやり方、伝え方とは違う形だけれど、伝えたいことは同じなのかもしれないと思います。

　江里は2歳半くらいから数年間、民間療法の訓練を行っている時期がありました。その訓練を行うには人手が必要でしたので、様々なボランティアさんに手伝っていただきました。その訓練を終える時、お礼のお葉書を書きました。その宛先は、99名にもなりました。

　本当に多くの方に訓練を手伝っていただいただけではなく、江里をかわいいと言ってくださりうれしかった。いっしょに遊び、恋愛相談にのったり。「ちょっと江里ちゃんと散歩に行ってきてあげる」と私

に家事の時間をくださったり、コンサートに誘っていただいたり。自分の子どもを背負って来てくださった方もいます。家に招いてくださったり、家族ぐるみで旅行に出かけたりもしました。

しかし、ふと気が付くと、私たちは制度やサービスの見えない壁の中にいて、いつのまにか、江里が子どもの時のような、様々な人との出会いや、そこから生まれる豊かな関係性、共有する時間が減ってしまったな、と思うようになりました。

あのころから約30年。私は、障がいがあってもふつうに生きることができる環境をつくろうと、20年前「とも」を立ち上げ走り続けてきました。もちろん、制度やサービスを活用してともに生きられるようにと、事業の在り方に知恵を絞ってきました。理念は変わらず持ち続けています。

それでもさらに、透明な壁を自分たちで自覚し、壊していかなければならない。障がいのある人とない人が、本当にともにいることを目指したいと、江里の原稿を読みながら改めて思いました。

一方で、江里の「生活と人生」を丸ごと支える支援者、特にヘルパーとの「ともに生きる」姿が見える本になっていると思います。

江里にとって、人生の伴走者であるヘルパーの存在が、人生の質までをも変えていってしまう。何がなくてもともに生きようとしてくれる支援者がいる「今」に、幸せを感じていることが、未来につながるのかもしれません。

人生の伴走者になってほしい……「自分の人生を生きたいんだ！」と言っている江里たちの24時間365日の人生を支えることの面白さ、奥深さ、当たり前さを、多くの人たちに知ってもらいたい。

どうしたら伝わるだろうか？と、毎日悪戦苦闘、悶々としています。

この本が、その一助になったら、こんなに幸せなことはありません。

　今回、江里の支援をしてくれているメンバーの中で、最も長い経験を持つふたりが寄稿してくれました。このふたりは、おのずとたくさんの「共通体験」を江里としています。そうしながら、江里といっしょに、成長をしていく彼女たちの姿に、何度も感動します。

　自分らしく生きるための支援を必要としている人がいること。その人を支えることで、自分の中の可能性や持っている能力やパワーが引き出されていく姿は、すごいと思います。

　同時に、障がいがある人たちとともに生きようとしてくれる人たちが、実は自分たちも支えられていることをひとりでも多くの人に、この支援の仕事を実際に担っていく中でいっしょに実感してもらいたいと強く願っています。自分らしく生きたいと思うのは、私たち自身のことでもあると思うからです。

　7歳くらいまでしか生きられないかも……という江里がここまで生きてきて、本をつくることができたのは、江里が生まれてから今までに出会い、かかわってくださった、本当にたくさんの方たちの存在、お一人おひとりがいたから、と思っています。

　お一人おひとりを思い浮かべて、この場をお借りして、感謝の気持ちをお伝えしたいと思います。本当にありがとうございました。

　寄稿してくれたふたりのスタッフを含め、指談を通訳してくれたスタッフがいてくれたから、江里は原稿を書くことができました。江里の日頃のケアだけでも慌ただしく、忙しさに追われているにもかかわらず、工夫しながら執筆活動の時間を捻出、協力してくれたこと、心から感謝します。

そして、日常の支援をしてくださっている夜勤や家事や相談や医療を含め、江里さんチームのスタッフのみなさん、本当にいつもありがとうございます。

　私と江里の人生の毎日を生きることができるのはみなさんがいてくれるからです。

　そのメンバーを含めた「社会福祉法人パーソナル・アシスタンスとも」の全職員のみなさん。理念に向かって同じ志を持つ仲間として、「とも」を構成してくれているから「とも」は存在できています。本当に心強く、感謝しています。

　そして、小学2年生の感動的な出会いから江里を信じ、現在まで江里のことばを引き出し、表出まで導いてくださった遠藤司先生。先生のおかげで、文字を得ることができ、執筆活動ができるようになりました。毎月一回の先生との時間が江里にとってどれだけ楽しく、成長できる機会になったかは計り知れません。ありがとうございます。今後ともよろしくお願いします。

　最後に、編集をしてくださったぶどう社の市毛さやかさんに感謝します。

　当事者を主体に考えた時、何かがわかっていく、変わっていく。どんな人にも可能性があって、人生は何が起こるかわからないけど、自分らしく生きていいんだよ、とこの本を読んでくださった方が思ってくれたら。

　そして、私たちの仲間になってくれたら……こんなにうれしいことはありません。

　誰もが、自分らしくともに生きることができますように。

著 者

西田 江里 （にしだ　えり）

1989 年生まれ。生後 7 カ月で障がいがあることがわかる。療育を受けながら幼稚園・地元の小学校・中学校の普通学級で学ぶ。高校は養護学校高等部に入るが登校できず訪問学級に転籍。地元のフリースクールも併用して過ごす。高校卒業までに全国 47 都道府県巡りを達成。2006 年「社会福祉法人パーソナル・アシスタンス とも」に入職、現在に至る。毎年アトレ新浦安で開催する「アウトサイダーアート展」や「浦安市美術展」に出展。2016 年からヘルパーをはじめとする支援者に支えられながら自宅でひとり暮らしをしている。

HAPPY_ERIPON

西田　良枝 （にしだ　よしえ）

「社会福祉法人パーソナル・アシスタンス とも」理事長。千葉県浦安市在住。1992 年、浦安市の通園施設「簡易マザーズホーム」で出会った家族を中心に浦安市の福祉と教育の改善を求めて「浦安共に歩む会」を発足。会の活動には、障がい児の親ではない方々も参加。会の活動を通して数多くの制度やサービスが充実した。また、教育でも浦安市では子どもと保護者が行きたい学校を選べる条例も策定された。行政への政策提言などをする一方、子どもたちの療育、親たちのつながりやセルフヘルプ、学びの場としても活動。NPO 法人設立とともに発展的解消。2001 年、ニーズをわかっている自分たちがサービスの担い手になろうと、「NPO 法人パーソナル・アシスタンス とも」を設立。2006 年、社会福祉法人に変更、現在に至る。
著書：「ひとりから始まるみんなのこと」太郎次郎社エディタス (2011)
共著：「統合教育の実践」朱鷺書房 (2002)

● 「社会福祉法人パーソナル・アシスタンス とも」　https://www.patomo.jp

だって、生まれたんだもん
重い障がいがあるけど、みんなと私らしく生きてます。

著 者	西田　江里
初版印刷	2021 年 12 月 12 日
発行所	ぶどう社

編 集／市毛　さやか
〒 154-0011　東京都世田谷区上馬 2-26-6-203
TEL 03 (5779) 3844　FAX 03 (3414) 3911
ホームページ　http://www.budousha.co.jp

印刷・製本／モリモト印刷　用紙／中庄